불은 잘 못 끄지만 전화는 잘 받는

아빠와 세 아들 이야기

이 책은 '**2020 NEW BOOK 프로젝트**-협성문화재단이
당신의 책을 만들어드립니다.' 선정작입니다.

소방관 아빠
오늘도 근무 중

김종하

시작하며

처음 만나는 사람에게 "제 직업은 소방관입니다"라고 말하면 대부분은 "훌륭하네요. 그런데 무슨 소방관이 근육도 없고, 호리호리해요"라고 대답한다. 맞다. 나는 근육도 없고, 소방관으로서 잘 어울리지 않는다. 그럼에도 소방관 경력 15년 차. 겉모습은 소방관처럼 생기지 않았지만 나름의 내공은 있다. 베테랑 직원만큼의 현장 경험은 부족하지만, 그 부족함을 다양한 경험으로 채웠다. 왜 소방서에는 현장 활동만이 전부라고 생각할까? 나는 15년 동안 소방의 여러 업무 중에 현장, 예방, 대응 부서에서 일했다. 요즘 시민들이 잘 협조하고 있는 소방차 길 터주기, 화재 현장에서 신속한 급수를 위한 소화전 관리, 소방의 꽃 의용소방대원 관리 업무를 맡아서 출동 대원이 현장에서 안전하게 활동할 수 있도록 노력했다. 이어서 일반음식점, 노래연습장 등 다중이용 업소 허가, 주유소 허가, 건물의 소방 안전을 책임지는 소방 안전관리자 업무를 맡았다. 민원서류를 하나하나 잘 살펴보고, 꼼꼼히 허가를 내주기 위해 노력했다. 직원들이 민원 현장에서 효율적으로 일할 수 있게끔 늘 정직하게 일 처리를 했다. 최근 3년 동안은 본부 상황실에서 119 신고 전화를 받았다. 불특정 다수의 신고자로부터 전화로 재난을 파악하는 일은 정말 어렵다. 나는 최선을 다하여 재난 위치와 환자의 정확한 상태를 파악하여 일선 출동대에 제공하는 업무를 했다.

나는 15년간 힘든 소방관 생활을 하면서도 가정에 소홀히 하지 않았다. 2006년 입사와 동시에 지금의 아내와 결혼을 했다. 15년간 결혼 생활을 하면서 많은 어려움과 아픔이 있었다. 신혼 초 우리는 서로 틀렸다며 여러 차례 티격태격 다투기도 했지만 이를 통해 서로의 다름을 배웠다. 이후로도 여전히 많이 싸우고 있으나 서로의 다름을 인정하기에 그 횟수와 강도는 조금씩 줄고 있다. 15년간 동고동락하면서 세 아이가 생겼다. 첫째는 아들, 둘째와 셋째는 쌍둥이인데 아들이다. 남들이 말하는 목메달인 세 아들의 아빠가 되었다. 아내와 나는 맞벌이 부부임에도 세 아들을 건강히 올바르게 키우기 위해 오늘도 노력하고 있다.

이 책은 최근 3년간 잠을 못 자가면서 겪은 119 상황실 일화다. 1급 비밀이 아니기에 여러분에게만 조용히 공개해본다. 아울러 교대근무하는 남편과 출·퇴근하는 아내의 15년 차 맞벌이 부부의 비하인드 스토리. 누구나 겪을 만한 일이지만 우리만의 방식으로 풀어낸 우리만의 사랑 이야기이다. 세 아들. 말만 들어도 끔찍해 보인다. 맞다. 실제로도 끔찍하다. 세 아들을 키우면서 겪었던 아픔과 기쁨을 담았다. 사실은 아이들을 키우면서 성장한 나의 이야기다. 마지막으로 나를 이 세상에 있게 만들어준 부모님의 이야기도 살짝 나온다.

이 책을 통해서 많은 사람이 힘을 얻길 바란다. 책을 쓰면서도 항상 반신반의했다. 이 책을 읽은 사람에게 공감받을 수 있을까? 단, 한 명만이라도 공감하고, 위로받기를 바라는 마음으로 글을 썼다. 우선 다자녀 부모가 힘을 얻었으면 좋겠다. 교대근무에 맞벌이하면서도 세 아들을 키우는 우리를 통해서 누구든지 아이를 잘 키워낼 수 있다는 용기를 얻길 바란다. 그리고 밤낮으로 재난의 일선에서 고생하는 세상의 모든 소방관 부모에게 이 책을 바친다. 물론 그냥 부모도 읽었으면, 아니 제발 읽어주길 간곡히 부탁한다.

책을 마무리하면서 감사의 말을 전하고 싶은 사람들이 많다. 이 책을 출간될 수 있게 기회를 준 협성문화재단에 제일 먼저 감사의 말을 전한다. 협성문화재단에서 이 책을 발견해주지 않았다면 지금쯤 원고는 내 노트북 깊은 곳에서 잠을 자고 있을 것이다. 두 번째로 '함께성장인문학연구원'의 정예서 선생님께 감사의 말을 전한다. 선생님이 아니었다면 이 책을 쓸 생각도 못 하고, 엄두도 내지 못했을 것이다. 선생님의 길잡이 덕분에 이런 기회를 얻을 수 있었다. 존경하는 부모님께 진심으로 감사드린다. 부모님들이 안 계셨다면 이 책을 쓰지도 못 했겠죠. 감사해요. 사랑하는 아내 혜경스와 세 아들 온유, 솔, 율에게 고마움을 전한다. 아내와 세 아들이 없었다면 이 책은 세상에 빛을 보지 못했을 것이다. 내 이야기보다는 아내와 세 아들의 이야기가 더 많기에 늘 좋은 글감을 제공해줘서 다시 한 번 감사의 말을 전한다. 이 책의 멘토 박경희 작가님과 글 코칭을 해주신 이주연 선생님, 정신실 형수님께 감사 인사 올린다. 아. 경기도소방재난본부 재난종합지휘센터 직원들에게 고마움을 전한다. 마지막으로 이 모든 영광을 하나님께.

인물 소개도

아빠 (김종하)

- 외향, 내향 반반
- 울트라 감정형
- 11년 차 육아빠
- 여전히 소방관 아저씨
- 마흔에 인생을 배우는 중
- 이성적인 아내와 살다 보니 약간은 이성적으로 변하고 있음

엄마 (혜경스)

- 울트라 내향과 이성
- 15년 차 워킹맘
- 집에서는 대장
- 회사에서는 팀장
- 감정적인 남편과 살다 보니 약간은 감정형으로 변하고 있음

온유 형 (11살)

- 거의 내향
- 부지런함
- 그림을 잘 그림
- 이성? 감성? 아직 판단 불가
- 이제 사춘기인지 말을 막 받아침 / 말조심 중

솔 (쌍둥이 1번 /9살)

- 거의 외향
- 독특함(본능적임)
- 전쟁과 군인을 좋아함
- 혼자 설정 놀이를 잘함
- 성대모사와 도라에몽을 좋아함

율 (쌍둥이 2번 /9살)

- 외향, 내향 반반
- 꼼꼼하고, 배려심이 깊음
- 인사를 잘함
- 스카이 콩콩 200번 가능
- 루미 큐브와 오목을 잘함

차례

Chapter 1.

소방관은 싫지만 그만두지는 않을래요

2006년 1월 12일. 입사 첫날을 잊을 수가 없다. 첫날부터 소방관이 싫어졌고, 소방서를 그만두고 싶었다. 나는 26살 혈기왕성하고, 유행에 민감한 나이에 입사했다. 제복을 입는 소방관이기에 눈물을 머금고 옆머리(구레나룻)를 자르고, 젤을 발라 단정히 머리를 넘겼다. 그리고 첫 출근을 했다. 하지만 내 기대와는 다르게 첫날부터 머리에 대해 지적을 당했다. "공무원이 무슨 머리에 젤을 바르냐?"라고 말이다. 나는 다음 날 바로 스포츠머리로 깎아버렸다. (그만두고 싶은 마음을 한 아름 안고서 말이다.) 이튿날 출근을 하니 다들 내 머리를 보고 시원하게 깎았다며 좋아했다. 26살인데 머리 스타일로 이렇게 지적을 당해야 하나 싶은 마음에 사표를 쓸까 고민이 들기 시작했다. 화재 출동을 나갈 때마다 늘 이런 생각을 했다. '정말 이곳은 나와 맞지 않은 곳이야.' 행정 업무를 수행하면서도 이런 생각이 끊이지 않았다. '내가 있어야 할 곳은 이곳이 아닌데. 나는 여기서 무엇을 하는 것인가?' 13년 동안 이런저런 생각으로 그만둘 궁리만 했다.

'오렌지 유니폼은 나와 어울리지 않아.'

그러다 내 인생에 반전이 생겼다. 2017년 후반기에 본부 상황실로 이동을 했고, 이곳도 내가 있어야 할 곳은 아니라고 생각했다. 어느 순간 이런 내 모습이 안타까웠다. 2018년부터 인문학 공부를 시작했고, 글을 쓰기 시작했다. 인문학을 공부하면서 나는 조금씩 내 직업에 대한 생각이 바뀌기 시작했다. 그 누구도 눈치채지 못 했지만 분명 내 안에 소용돌이가 치고 있었다. 그 소용돌이에서 크게 허우적거렸지만 이미 나는 변해있었다. 직업에 대한 태도가 바뀌었다. 그렇게 싫어하던 소방에 대해 조금씩 긍정적으로 바뀌고 있었다. 신기했다. 이제 더 이상 오렌지 유니폼이 싫지 않았다. (솔직히 지금도 이직은 하고 싶다. 한 번 사는 인생인데 한 가지 직업만 경험하기에는 인생이 너무 아깝다는 생각 때문이다.)

인문학을 공부하면서 119 신고받는 업무가 전보다 한결 수월해졌다. 신고 전화를 받을 때 약간 신이 났고, 이전보다 더 전문가다운 느낌이 들었다. 그렇게 3년이라는 시간을 상황실에서 보냈다. 13년 동안 불평·불만하던 내 모습은 조금씩 사라져가고 있었다.

마지막 상황실 근무 - 그동안 고마웠어. 덕분에 성장했네. (2020.06.30)

국가직으로 전환된 날

2020년 4월 1일 수요일

아침에 친구의 누나가 국가직 전환을 축하한다면서 모바일 커피 쿠폰을 보냈다. 오늘은 쉬는 날에 만우절인 줄만 알고 있었는데, 소방관이 지방직에서 국가직으로 전환된 역사적인 날이었다. 나는 친구의 누나에게 감사의 문자를 보냈고, 소방에 대해서 다시 한번 생각하게 되었다.

'나는 내 직업을 좋아하는가? 자랑스러워하는가?'

부끄럽게도 나는 이 직업을 좋아하지도, 자랑스러워하지도 않았다. 소방에서 15년 동안 근무하면서 항상 이곳을 떠나 진정한 삶을 찾고 싶었다. 지금도 그 마음은 변함이 없다. 하지만 내가 맡은 업무는 또 최선을 다했다. 최소한 내가 맡은 일은 스스로 잘 마무리했고, 주변의 사람들에게 피해 가는 행동은 하지 않았다.

문득 좋아하지 않는 직업에서 15년이나 일을 하고 있는 내 자신이 대단해 보였다. 반대로 생각해보면 이곳이 나와 맞는 부분들이 많았기에 이직을 못 하는 부분도 있었다. 부인하고 싶어도 부인할 수가 없다.

그러다 며칠 전 구본형 작가의 『나는 이렇게 될 것이다』를 읽다가 기록한 문장이 떠올랐다.

> '직장이 놀이터처럼 즐거우려면 우선 스스로 즐거워야 한다. 바라지 않았던 상황을 불평하는 대신 그 일의 좋은 면을 보고 그 점을 넓혀나가기 위해 자신이 할 수 있는 일을 만들어내자. 그리고 자신의 좋은 영향력이 퍼져나가는 것을 기뻐하자. 이때 직장은 품삯을 벌기 위한 노력의 장을 넘어 자신의 능력을 보여주고 재능을 활용할 수 있는 즐거운 놀이의 장으로 바뀐다. 호모 루덴스, 인간은 스스로 주도적으로 놀이를 즐길 줄 아는 동물이다.'

2020년 4월 1일, 소방관이 국가직이 된 날. 불평과 불만 대신 스스로 즐거울 수 있게 내 마음 또한 새롭게 다짐하고 싶은 날이다.

035 전화번호를 아시나요?

2020년 1월 22일 수요일

035로 시작하는 전화번호가 119 상황실로 신고 접수되는 경우가 많다. 이 번호는 유심칩이 없는 핸드폰으로 즉, 죽은 전화번호다. 일반 통화는 할 수 없고, 긴급기관에만 신고할 수 있다. 우선 035로 들어오는 신고는 들어오자마자 바로 끊기거나 아기의 웅얼웅얼하는 소리가 들린다. 가끔은 사람들의 말소리가 들리기도 한다.

이렇게 035로 신고되는 경우는 오접속이 많지만, 10건 중 1건은 진짜 신고 전화다. 실제 재난이 035로 접수되면 접수자 입장에선 난감하다. 왜냐하면 035 전화번호는 통신사에 가입되어 있지 않아서 통신사 기지국 값이 확인되지 않기에 위치 파악을 할 수가 없다. 신고자가 위치를 알려주지 않는 이상 위치 파악이 어렵다는 말이다. 게다가 신고자가 말을 할 수 없는 상황이라며 더욱 난감해진다. 다행히 요즘 상황실에 유능한 직원들이 많기에 과거의 신고자 이력 등을 확인하여 신고자의 위치를 찾거나 경찰에 바로 협조 요청하여 신고자의 위치를 찾기도 한다. 035 신고 접수는 사막에서 바늘 찾는 격이다.

만약 사용하지 않는 스마트폰이 있다면 장난감으로 쓰지 말고 재활용(CCTV 활용, 내비게이션 사용 등)하여 소방관의 수명이 조금이라도 늘어나고, 환경도 보호하는 일석이조 효과를 누렸으면 한다.

최근 2년간 경기도재난종합지휘센터 오접속 건수
(경기도소방재난본부 통계 참고)

년도	총 접수	오접속	비율	하루 평균
2019년	2,292,112	242,624	11%	664건
2018년	2,157,407	212,179	10%	581건

신고 전화 035-1917100324760(북문 아저씨)

이 신고자는 2019년 3월부터 2020년 1월 22일 현재까지 12,000여 건의 신고로 낮과 밤을 가리지 않고, 119 상황실 직원의 졸음을 깨워주었기에 세계 기네스북 도전자로 임명합니다.

그녀의 목소리는 솔 톤

굿모닝~

굿모닝~

솔 톤의 아리따운

목소리가 들려온다.

나도 모르게

그녀에게 굿모닝을.

그녀의 이야기를 계속 듣다 보니

이상하다.

그녀는 계속 혼자 이야기한다.

이승기의 '나랑 결혼해줄래'를

누군지도 모르는 나를 위해 불러준다.

신고자의 전화번호를 확인하니

어느 폐쇄 병동의 공중전화다.

폐쇄 병동 환자 이야기

2018년 5월 27일 화요일

오늘은 주간 근무 날이다. 신속한 교대를 위해 10분 만에 점심을 흡입하고, 다시 접수대에 앉았다. 장거리 출근을 하는 나는 새벽에 일찍 출근해서 피곤했다. 게다가 점심을 너무 빨리 먹어서 그런지, 더 나른해지는 오후다. 긴급한 목소리의 한 남자의 신고 전화를 받았다.

"떡을 먹다가 목에 걸렸는데 호흡곤란입니다. 지금은 조금 괜찮은데 구급차가 필요합니다."

"신고자분, 계신 곳 위치 알려주시고요, 환자가 누구인지 알려주세요?"

"환자는 저고요, 위치는 ○○아파트 지하 공사 현장이에요."

"알겠습니다. ○○구급차, 구급 출동입니다. 위치는

○○아파트 지하 공사 현장.”

나는 신속하게 관할 구급차를 출동시켰다. 현장 위치가 정확했기에 별도의 확인을 하지 않고, 다른 신고 전화를 받는 데 집중했다. 20분 후 출동 나간 구급차에서 무전이 들려왔다.

“현장에 도착했는데 공사 현장이 넓어서 환자를 찾을 수가 없습니다. 다른 차량 지원 요청 바랍니다.”

나는 구급대원이 있는 현장으로 다른 차량을 지원 출동 보냈다. 지원 차량이 도착했는데도 환자를 발견했다는 무전이 들여오지 않았다. 갑자기 가슴이 콩닥콩닥했다. ‘혹시 잘못 출동시킨 건 아닐까? 환자가 잘못된 것은 아닐까? 이거 잘못되면 징계감인데’라는 생각에 머릿속이 하얗게 변했다. 나는 계속 현장 대원의 무전에 귀를 기울일 수밖에 없었다. 갑자기 현장 출동대의 무전이 들려왔다.

“현장 확인한바 환자는 폐쇄 병원에 입원 환자로, 현장에 없고, 오인 신고 추정.”

나는 정확한 위치를 확인했고, 신고자는 정상적인 목소리였다. 무서웠다. 순간 내가 귀신에 씌었던 것은 아니었을까?

2018년 9월 16일 일요일

일요일이자 주간 근무 날이다. 주말은 가족과 함께 보내고 싶지만 교대근무라 어떻게 할 수가 없다. 이것이 교대 근무자의 숙명이겠지. 아침 10시 58분경 공중전화에서 발신된 것으로 추정되는 신고를 접수했다. ○○시 ○○구 소재의 병원 별관 5층의 공중전화다. 신고자는 차분한 목소리의 여성으로 침착하게 신고를 했다.

"아버지가 ○○아파트에 사는데 목을 맸어요 빨리 출동해주세요."

"조금 전에 신고하셨는데 또 신고하시나요?"

"제가 그랬나요? 제가 환상을 봤나 봐요."

"네……"

나는 신고자와 전화를 끊었다. 먼저 ○○소방서로 전화를 걸어 출동 여부를 확인 후 공중전화 주소지의 병원으로 전화를 했다. 나는 병원 관계자와 통화를 했고, 해당 병원 5층은 폐쇄병동으로 신고자는 그 병원의 입원 환자였다. 신고자의 신분을 확인한 후 ○○소방서로 전화해서 현장 출동 취소를 요청했다. 나는 다시 병원 담당 간호사와 통화 후 신고자(환자)의 상태를 확인한바 환자는 5층 병실에 입원한 환자로 공중전화로 119에 신고한 상황이었다.

'지혜는 그 어떤 재산보다 더 중요하다.'

— 소포클레스

119 접수자는 신고를 접수하면 반드시 출동을 보내는 것이 원칙이지만 요즘은 예측불허의 신고가 잦아서 판단하기 어려울 때가 많다. 119 신고 접수 시 나름의 지혜가 필요하다는 걸 깨닫는 요즘이다.

제발, 살아있길 기도할 뿐

2018년 7월 2일 월요일

월요일은 신고가 가장 많이 접수되는 날이다. 요즘은 주말에 문 닫는 병원이 많아서 대다수 사람은 월요일에 구급 신고를 많이 한다. 오늘도 구급 건수가 가장 많다. 신고 내용을 살펴보면 응급 환자보다 단순 환자가 확연히 많다. 접수자 입장에서는 더 긴급한 상황이 있을 수 있기에 구급차를 보내야 하는지 고민이 된다. 다만 출동을 거부할 수 없기에 '울며 겨자 먹는 심정'으로 출동을 보낸다. (출동 대원은 불만이 많을 수도 있다.) 오전은 신고를 귀로 받았는지 코로 받았는지 모를 정도로 바빴다. 점심을 후다닥 먹고 나니 갑자기 폭우가 쏟아졌다.

○○시에서 신고가 들어왔다. 중학생 두 명이 우산을 주우러 개천에 내려갔다가 학생 한 명이 보이지 않는다는 신고 건이었다. 신속하게 출동대를 편성하여 사고 현장으로 출동시켰고, 경찰 등 유관기관에 협조 요청을 했다. 현

장 출동대로부터 무전이 들어왔다.

"개천은 수위가 많이 올라온 상태고, 사라진 아이의 흔적은 보이지 않음. 오인 신고 여부도 확인 바람."

그렇다고 마냥 손을 놓을 수도 없었다. 신고된 지 15분 정도 지났고, 학생이 어디에 어떻게 떠내려간 건지 알 수가 없는 상황이었다. 학생이 살아 있길 간절히 바라지만, 쉽지 않은 상황이다. 집에서 쉬고 있던 직원들까지 비상소집이다. 모두 다 현장에 투입되어 수색을 하고 있다. 제발, 오인 신고이길 바랄 뿐이다.

ㅇㅇ천 급류 실종 중학생 나흘 만에 PD호서 발견 / 2018. 07. 06

부디, 천국에서 행복하길 바랄게. 지켜주지 못해서 정말 미안해.

안타까운 사고들

- CPR(심폐소생술)

"남편이 거품을 물었다. 깨워도 일어나지 않는다."

주소가 정확하지 않기에 마음이 다급해진다. 우선 구급전문상담원에게 연결 시도했지만 곧장 연결되지 않아 마음이 더 다급해진다. 바로 구급차를 출동시켰다. 그 사이에 구급전문상담원이 연결되었다. CPR. 나는 걱정이 되어 계속 모니터링을 했다. 환자는 39세의 남성이다. 아내는 자다가 남편이 이상해서 신고를 했다. 구급차가 현장에 도착했는데 계속 CPR 중이다. 환자는 나랑 한 살 밖에 차이 나지 않는다. 추후에 다시 확인해보니 구급전문상담원과 구급대원의 신속한 CPR 시행으로 환자는 자발 호흡이 가능해졌다고 했다. 환자를 알지도 못하는데 괜히 고맙고, 감사했다. 그 환자가 응급실에서도 건강히 퇴원하길 바랄 뿐이다.

- 전소 중

집이 전소 중이라고 했다. 신고자는 운전 중에 화재 현장을 목격한 후 신고했다. 나는 침착하게 신고자로부터 주소를 확인했다. 예고 방송과 함께 바로 출동대를 출동시켰다. 지명이 익숙하지 않은 타 관내 신고는 접수할 때마다 어려움이 느껴진다. 신고자는 다시 신고를 했다.

"집 안에 사람이 있다."

나는 바로 '집 안에 구조 대상자가 있다'고 관제자에게 전달했고, 진행 상황을 계속 지켜봤다. 안타깝게도 구조 대상자는 돌아가셨다. 새벽 시간에 기운 빠지는 신고였다. 내가 '조금 더 출동대를 빨리 출동시켰다면 살 수 있지 않았을까?'라는 생각이 사라지지 않는 혼돈의 아침이다.

- 어느 자살 신고

졸음을 참기 위해 뜨거운 커피를 사발 채 마시며 새벽 근무 중이었다. 중년의 남성이 차분한 목소리로 신고를 했다.

"119 상황실입니다. 무엇을 도와드릴까요?"

"떨어졌어요."

"네?"

"애가 떨어졌어요."

"애가 어디서 떨어졌어요?"

"10층에서요."

나는 급히 구급차 2대를 현장으로 출동시켰다. 내 마음이 쿵 하고 내려앉는다. '아이가 떨어진 걸 보고 신고하는 아빠의 마음은 어떨까?' 신고자인 아빠는 흥분하지 않고, 침착하게 신고했다. 아직 1층으로 내려가지 않은 것 같았다 참. 슬프다. 자살 신고. 그것도 자녀의 자살을 부모가 신고하는 경우는 정말 슬프다. 나도 아빠다 보니 동병상련의 마음이 느껴진다. 다들 코로나19로 많이 힘든 시기인데, 이 가족은 더 힘들지 않을까.

쌍둥이 언니의 용기

2018년 12월 9일 일요일

오늘은 일요일 주간 근무 날이다. 남들 쉴 때 출근하는 날은 기분이 조금 꿀꿀하다. 출근하여 오전 일과를 보낸 후 점심을 먹고, 졸음이 쏟아질 때였다. 119 전화벨이 울렸고, 신고자의 목소리는 초등학생 정도의 여자아이였다.

"119 상황실입니다. 무엇을 도와드릴까요?"

"엄마가 이상해요."

"엄마가 어떻게 이상해요?"

"엄마가 숨을 안 쉬는 것 같아요."(옆에 있던 신고자의 동생은 울부짖으며 엄마를 부르고 있었다.)

"주소가 어디에요? 주소 알려주세요."

"○○이에요."

"알겠어요. 주소 좀 확인해볼게요. 잠시만요.(출동대

를 급히 편성하여 출동시켰다.) 엄마가 의식이 있나요? 정상 호흡하고 있나요?"

"호흡이 없는 것 같아요."

"알겠어요. (바로 구급전문상담원에게 연결을 시도하였으나 모두 상담 중이었다.) 그러면 엄마 배가 오르락내리락 하는지 확인해보세요?"

"안 해요."

"심폐소생술을 실시해야 해요. 학교에서 심폐소생술 배운 적 있나요?"

"네."

"엄마 옆에 무릎 꿇고 앉고, 엄마의 젖가슴 사이에 양 손을 포개어서 압박 준비하세요. 준비됐어요?"

"네."

"팔을 굽히지 말고, 쭉 펴서 엄마의 가슴을 압박합니다. 여기서 구령을 함께 해 줄 테니 시작할게요."

"네."

"시작하세요. 하나, 둘~ 하나, 둘~"

"네."(신고자는 원거리에서 신고를 해서 출동대가 도착까지는 시간이 다소 걸렸다.)

"구급차는 현장으로 출동했어요. 잘 압박하고 있죠?"

"네."

"힘들죠? 힘들어도 조금만 더 참고 계속 압박해야 해요."

"네."

"(신고자의 긴장을 풀어주기 위해서) 신고자는 몇 살이에요? 동생은 몇 살이에요?"

"14살이에요. 동생은 쌍둥이예요."(동생은 여전히 울고불고 난리가 아니었다.)

"그렇군요. 힘들죠? 조금 더 힘을 내봐요. 구급차 오고 있어요."

"네."

"동생에게 밖에 나가서 남자 어른을 찾아오라고 하세요." (지도상 주변에 주택이 거의 없었다.)

"네."

"힘들죠. 조금만 더 힘을 내봐요. 잘하고 있어요."

"동생이 동네 오빠를 데리고 왔어요."

"그럼 그 오빠랑 교대하세요."(구급차가 현장에 도착했다.)

구급대는 신고자(딸)와 교대하여 심폐 소생술을 실시

하면서 환자를 병원으로 이송했다. 나는 심폐 소생술 안내를 마치고 나니, 진이 다 빠져버렸다. 간신히 물 한 컵을 들이켰다. 이 아이의 엄마가 꼭 소생되길 마음속으로 기도하고 있었다. 신고자는 14살이고, 중학생 1학년이다. 어린 딸은 엄마를 살리고 싶어 온 힘을 다해 심폐 소생술을 했다. 이 아이의 엄마는 꼭 살아나야 한다. 잠시 신고 내용을 생각해봤다. 신고자는 중학교 1학년이었는데 안내하는 나보다 더 침착했다. 여전히 나는 어려운 상황이 닥치면 가슴이 막 쿵쾅쿵쾅하면서 두려운데 말이다. 퇴근하는 지하철에서 아이가 생각났고, 눈을 감고 있는 침대에서도 아이가 생각났다. 평소에 기도를 잘 안 하던 내가 무릎을 꿇고 기도하고 있었다.

"하나님, 아이의 엄마가 건강한 모습으로 아이의 손을 잡고 퇴원할 수 있게 힘을 주세요."

✦ 심폐소생술을 온라인으로 배우고 싶다면 '경기도소방재난본부' 사이트에 접속해 '도민사고행동요령 -> 응급상황대처요령 -> 응급처치 동영상' 순서로 들어가면 된다.

9살 아이의 알 수 없는 CPR

2020년 1월 10일 금요일

엄마가 신고를 했다. 아이가 자고 있는데 숨을 안 쉰다는 신고였다. 환자는 9살 남아였고, CPR로 추정되어 구급차 2대와 펌프차를 출동시켰다. 출동을 보내면서 아이가 단순 경련이기를 바랐다. 하지만 내 바람과는 달리 앞자리의 구급전문상담사는 "하나~ 둘~" 구령을 외치면서 CPR을 실시하고 있었다. '아이가 CPR 중에라도 정신을 차렸으면 좋겠다'라고 마음속으로 응원했다.

하지만 구급대가 현장에 도착할 때까지 아이는 깨어나지 않았다. 현장에 도착한 구급대원은 보호자에 이어서 계속 CPR을 실시했다. 나는 아이가 이송될 병원 응급실로 CPR을 통보해주었다. 아이는 어떻게 되었을까 궁금했다. 엄마가 CPR을 했으니 꼭 살았으면 좋겠다. 9살이면 우리 쌍둥이와 동갑이다. 아직 더 놀고, 행복하고, 즐거워해야 할 나이인데.

슬프구나. 안타깝구나. 이 아이가 살아서 세상을 더 많이 경험하고, 더 행복하게 살길 기도해본다.

'찬물 학대' 9살 피해아동 부검... 멍 자국 다수 발견 / 2020. 01. 13

아동 방치인가?

2020년 5월 13일 수요일

야간 근무 날이다. 생각보다 신고가 적어서 마음의 여유가 조금 생긴다. 밤 11시쯤 해경 번호로 신고가 접수됐다. 보통 해경 신고는 오접속인 경우가 많다. (해경 긴급신고 전화는 122이었지만 2016년 10월부터 119로 통합되었다. 122로 신고해도 119 상황실로 연결된다.)

하지만 반대쪽 수화기 너머로 아이의 울음소리가 들린다. 나는 울고 있는 아이와 약 16분 동안 통화를 했다. 아이는 자고 일어났더니 집에 아무도 없단다. 무서워서 112를 누른다는 게122를 눌렀고, 119로 전화가 연결된 것이다. 아이는 집 주소를 모르고, 당황해서 엄마 전화번호도 모른다고 했다.

나는 아이의 이름을 물어보고, 세수도 시키고, 물도 한 잔 마시게 하고, 무서우니 텔레비전을 크게 틀어 놓으라고 했다. 아이는 내게 레고와 친구 이야기를 했다. 나는 묵묵히 들었고, 우리 집에도 닌자고 레고가 있다고 이야기 해주었다.

사실 나는 어느 정도 통화한 후 아이가 안심이 되면 전화를 끊으려고 했다. 하지만 아이는 그럴만한 상황이 아니었다. 우선 가까운 구급차와 펌프차를 기지국 값으로 출동시키고, 경찰 공동대응을 요청했다.

나는 출동을 보내고 나서도 걱정이 되어서 계속 진행 상황을 확인했다. 30분 후 경찰의 도움으로 주소를 확인했고, 부모와 전화 통화가 되어 아이와 부모 그리고 소방, 경찰이 만났다. 다행이다. 아이의 전화를 받는 순간 아동 방치인가 의심이 들기도 했다. 자식 키우는 입장에서 남의 일 같지 않았다.

아동복지법 17조 6호

자신의 보호 · 감독을 받는 아동을 유기하거나 의식주를 포함한 기본적 보호 · 양육 · 치료 및 교육을 소홀히 하는 방임행위

아동복지법 제71조(벌칙)① 제17조를 위반한 자는 다음 각 호의 구분에 따라 처벌한다.

2. 제3호부터 제8호까지의 규정에 해당하는 행위를 한 자는 5년 이하의 징역 또는 5천만원 이하의 벌금에 처한다.

소화불량

2018년 9월 28일 금요일

보통 식사 시간이 짧으면 건강에 안 좋다고 한다. 입안의 음식물이 잘게 부서져 침과 잘 섞여야 소화가 잘되는데 이때 필요한 시간이 30분이다. 그래야 소화불량과 위염으로부터 피할 수 있다. 소방공무원은 예외다. 현장 출동 대원의 식사 시간은 10분에서 15분 정도일 것이다. 식사 중에 긴급 상황이라도 발생하면 바로 출동해야 하니 식사 시간이 일정치가 않다. 상황실 근무자도 별반 다르지 않다. 상황실 직원 중 소화불량이나 위염 환자의 비율이 높다. 나도 그렇다. 매년 건강검진 시 위내시경을 하는데 늘 만성 위염 판정을 받는다.

나는 늘 음식을 천천히, 꼭꼭 씹어서 30분 이상 식사를 하고 싶지만 상황이 여의치가 않다. 늘 식사 시간이 되면 무엇인가에 쫓긴다. 이것이 소방공무원의 현실이다. 소화불량을 막을 방법이 없기에 쉬는 날 운동만이 살길이다.

하지만 퇴근 후 집은 제2의 회사가 된 지 벌써 14년 차다.

고유의 명절 추석이지만

2018년 9월 25일 화요일

이번 주는 고유 명절인 추석이다. 나는 추석 당일은 주간 근무였고, 다음 날인 오늘은 야간 근무다. 가족과 함께하고 싶은 마음은 항상 굴뚝같으나 시민들의 안전을 위해서 오늘도 최선을 다해 신고를 받는다.

추석이나 설날 연휴에는 일상적인 신고보다 병원이나 약국 문의 전화를 많이 받게 된다. 시민들이 고향 방문길에 아이가 아프거나 성묘하다 벌에 쏘여서 응급처치가 필요하면 119로 신고를 한다. 나는 신고자의 위치를 확인 후 가장 가까운 병원을 안내한다. 신고자와 통화가 끝나면, 신고자의 핸드폰으로 병원 위치와 전화번호를 문자로 전송하면 깔끔하게 끝. 즐거운 추석날! 모두 다 아프지 말고, 행복한 명절 되세요!

코로나19

2020년 3월 3일 화요일

코로나19가 전국적으로 확산되고 있다. 119 접수 시, 일반 환자, 교통사고, CPR 환자 등 모든 구급 출동 시 코로나19 관련 질문을 한다. (특히 CPR이나 교통사고 접수 시 정말 난감하고, 어렵다.)

"최근 중국, 해외여행을 갔다 왔는지? 중국 사람을 만났는지?"

"중국 청도, 대구, 경북, 신천지 모임에 갔다 왔는지?"

"고열, 기침, 폐렴, 가래 등 증상이 있는지?"

그런데 코로나 관련 질문을 하면 신고자가 짜증 내는 경우가 많다. 급한 마음은 알지만 접수자의 질문을 끝까지 듣고 '예, 아니오'로 대답해주었으면 한다. 정확한 답변이 환자와 구급대원의 안전을 지킬 수 있음을 알아줬으면 한다.

✦ 코로나19로 인해 구급대원은 바람도 통하지 않는 D형 보호복을 착용하고, 출동합니다. 더위 속에서도 최선을 다하는 구급대원이 참 자랑스럽습니다.

도로명 주소

2019년 5월 28일 화요일

요즘은 도로명 주소로 신고가 많이 들어온다. 도로명 주소가 시행된 지 6년이 지났음에도 도로명 주소가 아직 익숙지 않고, 너무 어려워서 주소를 확인하는데 시간이 좀 소요된다. 상황실 직원으로서 도로명 주소로 신고가 들어와 난감했던 경우가 있었다.

예를 들면 이런 경우들이다.

순번	도로명 주소	지번 주소
1	경기도 양평군 양동면 계정점말길 102번길 4	계정리 1404-4
2	경기도 여주시 금사면 아래가마실길 4	여주시 금사면 도곡리 89-1

'양평군 양동면 계정점말길 계정점말길 1404-4'

이런 도로명 주소로 신고가 들어오면 단순 출동 건도

머리가 '띵' 해진다. 그나마 도심지는 괜찮지만 시골은 더 '띵' 해진다. 가끔 지번 주소와 도로명 주소를 섞어 알려줘서 현장을 못 찾는 경우가 발생하기도 한다.

예를 들면, "여기 양평군 양동면 계정점말길 1404-4"라고 알려주면 나는 신속하게 주소 검색을 한다. 신고자에게 주소가 정확한지 몇 번을 더 묻지만 주소가 검색되지 않는다. ('경기도 양평군 양동면 계정점말길 102번길 4'가 맞는 도로명 주소인데, '계정리 1404-4' 지번 주소를 섞어서 신고한 경우다.)

위와 같이 주소를 정확하게 확인해보면 도로명 주소와 지번 주소를 섞여 있음을 알게 된다. 도로명 주소로 신고를 받을 때마다 도로명을 만든 분들에게 놀라움을 금치 못하지만 (어떻게 이런 도로명을 지었을까? 머리털이 다 빠졌을지도 모른다.) 틀린 주소를 불렀음에도 정확한 주소지를 찾아내는 상황실 직원과 현장 대원의 능력에 그냥 감탄만 할 뿐이다.

119 신고 시 팁

- 고속도로

우선 신고자의 위치가 어딘지 파악해주세요.

첫 번째, 무슨 고속도로인지? 예) 중부고속도로, 영동고속도로 등
두 번째, 어느 방향인지? 예) 서울 방향, 강릉 방향 등
세 번째, 어느 IC에서 어느 IC 사이인지? 예) 광주IC에서 하남IC 사이 등
네 번째, 몇 K지점인지? 예) 중부고속도로 100k지점 등

이 정도만 알려주셔도, 출동하는 데 어려움이 없답니다.

- 일반 전화번호

주변에 보이는 전화번호 알려주세요.
핸드폰 말고, 일반전화번호요.
위치 확인 됐어요. 이동하지 말고, 출동대 기다리세요.

- 문자

119 문자신고 가능해요.

먼저 받는 사람 번호에 119를 입력하세요.

신고 내용을 주소와 함께 자세히 입력하세요.

현장 사진이 있다면 첨부하세요.

마지막으로 전송 버튼을 누르면 신고 끝.

119대원이 전화할 수 있으니 친절하게 신고 사항을 알려주세요.

- 전봇대 번호

"아. 여기 논바닥이여. 나 어딘지 모르겠어. 도와줘."

"아. 신고자분. 주변에 전봇대 보여요?

"빨강색 위험 글자 밑에 숫자 4개, 대문자 알파벳 1개, 숫자 3개 예를 들면, 2784A125"

"불러주세요. 2155T453 위치 확인됐어요."

"거기서 이동하지 말고, 기다리세요!"

"바로 출동합니다."

- 엘리베이터 번호

"엘리베이터가 멈췄어요."

"숫자 버튼 맨 위에 엘리베이터 번호가 있습니다."

"불러주세요. 앞자리는 숫자 네 자리, 뒷자리는 숫자 세 자리요."

"2153-235"

"바로 위치 확인됐으니 출동합니다."

- 동물 사체 신고는 110번

운전 중에 로드킬을 목격하게 되면, 일반적으로 119로 신고합니다. 만약 동물 사체를 발견하셨다면 침착하게 119가 아닌 110 정부민원콜센터로 신고 바랍니다. 여러분의 침착한 신고가 국민의 세금을 아낄 수 있답니다.

- 107 손말이음센터(청각장애우 신고 방법)

청각장애우 신고자도 119에 신고할 수 있습니다. 119 문자 신고가 가능합니다. 만약 문자 신고가 불가능하다면 107 손말이음센터로 전화하세요. 손말이음센터 관계자는 영상 및 수화 통화가 가능합니다. 신고자와 손말이음센터 관계자가 119 접수자와 3자 통화를 실시하여 신고자의 위치 및 사고 내용을 파악하여 신속히 출동 가능합니다. 청각장애우 여러분, 119 신고하기를 두려워하지 마세요. 딱 두 가지만 기억하세요. 119 문자신고 또는 107 손말이음센터 신고.

✦ 손말이음센터

전화번호 : 국번 없이 107(휴대폰 문자 / 영상 중계서비스)

구급차가 택시인가?

- 신고 사례 1

상황 요원 : 119 상황실입니다. 무엇을 도와드릴까요?

신고자 : 네. 제가 감기에 걸려서요. 구급차 좀 보내주세요.

상황 요원 : (긴급하게) 환자분 의식은 있나요? 정상 호흡하고 있나요?

신고자 : 네. 그냥 기침이랑 열이 좀 나서요. 사거리에 있는 내과에 데려다주세요.

상황 요원 : 신고자분. 혹시 감기면 자차로 이동하실 수 있나요?

신고자 : 아니. 잔말 말고 빨리 구급차 보내요. 감기 걸려서 죽으면 당신이 책임질 거야. 뚝…….

상황 요원 : 네? 신고자분? 신고자분?

- 신고 사례 2

상황 요원 : 119 상황실입니다. 무엇을 도와드릴까요?

신고자 : 구급차 좀 보내주세요.

상황 요원 : (긴급하게) 환자분 상태가 어떤가요? 신고자분, 위치 알려주시겠습니까?

신고자 : ○○응급실에서 진료받고 있는데 다른 병원으로 가려고요.

상황 요원 : 신고자분. 병원 간 이송은 의사 동승 하에 가능합니다. 의사 동승이 가능한가요?

신고자 : 아니요. 그러면 병원 밖에서 다시 전화할게요. 끊을게요. 뚝…….

상황 요원 : 네? 신고자분? 신고자분?

현재 119 상황실에서 근무 중인데 위 사례와 같은 비응급 출동이 많다. 119는 긴급 신고 시 신속히 출동하는 것이 임무고, 시민의 신고가 있기에 119가 존재한다. 119 신고를 받아보니 가끔 '구급차가 택시인가?'라는 생각이 많이 들었다.

119구조·구급에 관한 법률 시행령 제20조를 보면, 구급대원은 구급대상자가 ① 단순 치통 환자 ② 단순 감기환자. 다만, 섭씨 38도 이상의 고열 또는 호흡곤란이 있는 경우는 제외 ③ 혈압 등 생체 징후가 안정된 타박상 환자 ④ 술에 취한 사람. 다만, 강한 자극에도 의식이 회복되지 아니하거나 외상이 있는 경우는 제외 ⑤ 만성질환자로서 검진 또는 입원 목적의 이송 요청자 ⑥ 단순 열상(裂傷) 또는 찰과상(擦過傷)으로 지속적인 출혈이 없는 외상 환자 ⑦ 병원 간 이송 또는 자택으로의 이송 요청자. 다만, 의사가 동승한 응급환자의 병원 간 이송은 제외 해당하는 비응급환자인 경우에는 구급 출동 요청을 거절할 수 있다. 이 경우 구급대원은 구급 대상자의 병력·증상 및 주변 상황을 종합적으로 평가하여 구급 대상자의 응급 여부를 판단하여야 한다.

요약하자면 119에서 구급 출동을 거절할 수 있으나 구급대원이 환자의 상태 파악이 필요하기에 구급차는 반드시 출동해야 한다. 만약 비응급 출동이 조금 줄어든다면 시민의 세금과 소방력을 많이 아낄 수 있을 것이다. 시민들의 선진 의식이 필요하다. 알다시피 우리나라는 1996년에 OECD를 가입한 선진국이지 않은가. 지금 비응급 출동으로 인해 심폐소생술 등 분·초를 다투는 출동의 골든타임이 늦어질지도 모른다. 그들이 우리의 가족이라는 생각으로 119 신고 시 '꼭 필요한 신고인지' 한 번 더 생각하고, 신고하는 여유를 가졌으면 좋겠다.

나는 소방관이다

2019년 8월 6일 화요일

나는 소방관이다.
오늘 동료 한 명이 순직했다.
나는 그를 모른다. 그도 나를 모른다.
나는 그가 될 수도 있었고, 그는 내가 될 수도 있었다.

그의 마지막 무전을 들었다.
사람들은 올라갔다. 그는 홀로 내려갔다.
그는 무슨 생각을 했을까?
두려웠겠지.

그는 올라오지 않았다. 영원히
땀내 나는 그의 헬멧과 동료들
그리고
작별 인사조차 못한 사랑하는 가족에게.

"한 명이라도 더..." 지하로 내려간 소방관 순직 / 2019.8.9

순직 사고

2018년 8월 12일 일요일

야간 근무 날이다. 오후 2시쯤 집에서 출근 준비를 하고 있는데 상황실로부터 비상소집 문자를 받았다. 김포소방서 구조대원 2명이 타고 있던 구조 보트가 전복되면서 전 직원 비상소집을 발령했다. 슬프다. 아무래도 몇 시간 동안 직원들을 못 찾는 걸 봐서는 살아있을 확률이 거의 없어 보인다. 시신이라도 빨리 수습을 해야 하는데 쉽지가 않은 것 같다. 시신이 북한 쪽으로 흘러갈 수도 있기에 상황이 만만치 않다. 괜스레 유가족을 생각하니 마음이 더 아프다. 구조대원들 나이가 나와 비슷한 서른 후반이고, 자녀도 어리고, 앞으로 해야 할 일도 많을 터인데. 순직 사고가 발생하면 '나는 왜 여기서 이 일을 하고 있을까?' 깊은 고민을 하게 된다.

'나는 무엇을 위해서 이 일을 하고 있는가?'

2018년 8월 20일 월요일

며칠 동안 모든 수단과 방법을 가리지 않고 구조대원 2명을 수색했고, 드디어 시신을 찾았다. 그들의 영결식이 끝나고, 그들을 국립묘지로 모셨다. 늘 이런 일이 생기면 안타깝고, 슬프다. 내게도 이런 일이 언제 일어날지 모른다는 두려움에 휩싸인다. '내가 이 길을 계속 가야 하나?' 이 슬픔을 통해 다시 한번 고민하게 된다. 사명감만으로 일을 하기에는 위험부담이 크구나.

Chapter 2.

나는 아직,
나를 포기하지 않았다

고등학생 때부터 일기를 계속 써 왔다. 요즘도 매일은 아니지만 꾸준히 일기를 쓰고 있다. 15년 전 소방서에 입사했을 때도 일기를 썼다. 가끔 옛 생각이 나면 입사부터 15년이 지난 지금까지의 일기장을 펼쳐본다. 일기 내용이 거의 비슷하다.

나는 왜 이곳에서 계속 일을 하고 있을까?

나는 왜 떠나려고 했을까?

나는 왜 못 떠나고, 아직도 남아 있는 것일까?

다른 직원은 잘 적응하고 만족하면서 일을 하는데 나는 왜 이럴까?

나는 항상 내가 있어야 할 곳은 이곳이 아니라고 생각했다. 나는 이곳이 만족스럽지 않았고, 항상 다른 곳에서 만족감을 찾곤 했다. 남자가 잘 배우지 않은 재봉틀을 배워서 냉장고 덮개와 가방을 만들었고, 점심시간을 이용해서 회사 앞 피아노 학원에서 피아노를 배우기도 했다. (피아노는 6개월 정도 배웠으나 제대로 연주하는 곡은 없다.) 캘리그라피도 배웠으나 이 또한 오래가지는 못했다. 나는 계속 나 자신을 만족시킬 것을 찾았다. 내 안의 불만족을 만족으로 바꾸고 싶었다.

그중에서 제일 잘한 일은 2018년 시작한 인문학 공부였다. 평소 좋아했던 구본형 작가의 홈페이지에 방문했다 지금 공부하고 있는 '정예서의 함께성장인문학연구원'을 알게 되었다. 반신반의한 마음으로 인문학 과정을 지원했고, 지금까지 열심히 인문학 공부 중이다. 100일 글쓰기를 통해서 나 자신과 내 주변의 사람들에 대해서 객관적인 시선을 갖게 되었다.

소방이라는 직업에 대해서도 아주 조금은 내려놓게 되었다. 인문학 공부를 통해서 오렌지 유니폼에 많은 의미를 부여했고, 그것을 깨닫는 순간 내 직업이 편하게 느껴졌다. (전에는 어디에 간들 절대 소방관이라는 직업을 먼저 말하지 않았다.) 이 정도까지 13년이나 걸렸다. 119 상황실에서 접수 업무도 한결 더 수월해졌고, 조금 더 프로다워졌다.

인문학 공부 후 꾸준히 글쓰기를 한 덕분에 최근 부산의 협성문화재단에서 공모한 '뉴 북 프로젝트'에 합격하여 지금은 원고를 수정하고 있다. 내가 이렇게 될 거라 나는 절대로 생각해보거나 상상한 적이 없었다. 다만 인문학을 통해 객관적으로 나 자신을 바라보니 나도 모르는 사이에 이렇게 변해있었다. 이제는 현장에서 펌프차를 타고 화재 진압을 하고 있다. 말벌집을 제거하고, 동물 구조 및 엘리베이터 사건 사고 등에도 출동한다. 며칠 전에는 15년 만에 처음으로 소방차를 운전했다.

나는 늘 내가 무엇을 바라고, 무엇을 하고 싶은지 항상 고민하면서 살아왔고, 그 고민을 기록했다. 현재의 나보다 더 성장하고 싶기에 오늘도 끊임없이 생각하고, 고민한다. 그러다 보니 마흔의 내가 되어있었다. 지금 나는 마흔의 인생을 배우는 중이다.

마지막 30대, 굿바이! 나름 행복했다. 다가올 마흔이여, 안녕. 잘 부탁해.
한번 사는 인생, 뭔가에 미쳐보자. (2019. 12. 31)

자신을 믿을 수 있는가?

2020년 3월 25일 수요일

요즘 마스다 무네아키의 『취향을 설계하는 곳, 츠타야』를 읽고 있다. 코로나19로 인해 등교 못하는 아이들 온라인 수업을 도와줘야 하기에 책 읽을 시간이 많지는 않다. 오늘에서야 책을 다 읽었다. 책을 읽는 동안 꼼꼼히 줄을 긋고, 필사하면서 책을 정독했다.

'자신을 믿을 수 있는가?'

이 문장에 진하게 줄을 긋고, 여러 번 곱씹어 보았다. 옆에 앉아 있던 아내에게도 읽어주었다. 갑자기 아내의 얼굴이 심각해진다. 나는 괜한 문장을 읽어주었나 후회스러웠다. 아내의 얼굴을 보니, 다행히 '한 번쯤은 생각해볼 만한 질문이네'라는 표정이었다.

'나 자신을 얼마나 믿을 수 있을까?' 곰곰이 생각해 봤다. 아마도 나 자신을 30%도 믿지 못하는 것 같다. 만약 자신을 70% 정도 믿었다면 이곳에 머물러 있지 않았겠지. 가족의 생계를 책임지기에 좋아하는 일을 못 한다는 것은 핑계 같다. 냉정하게 평가하면 나 자신을 믿을 수 없었기에 현재 이곳에 머무는 것이다.

여러 생각과 아이디어가 번쩍거리지만, 그저 생각뿐이다. 이제는 이런 생각마저도 귀찮고, 이곳이 익숙해졌다. 구본형 작가가 쓴『익숙한 것들과 결별』의 책 제목처럼, 이제는 익숙한 것들과 결별을 준비해야 할 시기다. 막상 익숙한 것들과 결별하기에 앞이 막막해진다. 나도 어쩔 수 없는 대한민국 40대 가장이 되었나 보다. 오늘은 회사와 가정, 일상에서 가장 익숙한 것 중 결별이 필요한 부분을 정리하고, 그것들과 잘 결별할 수 있는지 스스로에게 물어봐야겠다.

40년하고 3개월이 지난 요즘은 생각과 고민이 더 많아진다. 만 번은 흔들려야 진짜 마흔이 되지 않을까?

마흔인데 불안하네

2020년 3월 21일 토요일

요즘 마음이 불안하다. 아침에 깰 때마다 불안함이 밀려오고, 사라지지 않는다. 홀로 시간을 보낼 때는 괜찮은데, 가족과 함께 있거나 회사에 출근하면 불안함이 심해지고, 우울해진다. '왜 이렇게 마음이 불안할까? 이제 더 이상 무엇인가 할 수 없다는 생각이 들어서 그런가?'

회사에서 나만 뒤처지는 것 같다. 동기들은 다들 진급하는데 나만 같은 자리에 있는 것 같다. 이제는 후배가 진급을 더 빨리하니 기분도 별로 좋지 않다. 마흔 전까지 이 정도는 아니었다. 그들은 그들의 길을 가고, 나는 나의 길을 갔을 뿐이다. 곰곰이 생각해보니 내가 가는 길의 목적지가 정확하지 않으니 불안함이 더 심해지는 것 같다. 빨래를 개다가 불현듯 이런 생각까지 들었다. '만약 그 후배가 나보다 빨리 진급하면 나는 어떡하지? 내가 나중에 그 사람을 어떻게 대해야 하나? 싫은데.' 내 마음은 일어나지도 않은 일들로 이미 뒤죽박죽이다. 결국 나만 더 비참해진다. 불행 중 다행인 것은 독서가 이 불안함을 조금씩 걸러주고 있다는 것이다. 오늘 김영하 작가의 『여행의 이유』를 읽다가 나를 위로해주는 몇 문장을 발견했다.

'승객은 영원히 머물지 않는다. 왔다가 떠나는 존재이다.'

맞다. 인생은 영원하지 않다. 나는 지구에 잠깐 왔다가 떠나는 존재다. 지구에 사는 동안 즐거운 시간을 보내기도 아까운데 나는 이렇게 불안해하고, 힘들어할까.

'우리의 정체성을 스스로 확인하는 것만으로는 부족하며, 타인의 인정을 통해 비로소 안정적으로 유지된다.'

이 또한 맞다. 나는 인정의 욕구가 강한 사람이다. 게다가 나는 타인에게 인정받고 싶은 욕구가 강한 사람이다. 지금 회사에서는 남들보다 뒤처지고, 삶에서는 결과물이 없다 보니 스스로 많이 위축된 상태다.

마흔에는 타인의 인정을 갈구하기보다는 스스로 나

를 인정하고, 더 큰 에너지를 창출하는 법을 찾아 떠나야겠다. 비록 내 마음이 너덜너덜 걸레가 될 수도 있겠지만 마음을 단단히 먹고, 떠나보자.

"내 실력이 끊임없이 성장하고 있다고 느끼면 불안하지 않습니다."

— 문화심리학자 김정운

지금 이대로 괜찮은 걸까?

2020년 3월 16일 월요일

'진짜의 나는 따로 있다고 생각하면서 살아가는 것은
좋은 걸까?
그건 옳은 게 아니라면,
지금 이대로의 자신은 싫다고 생각하는 나도
올바른 삶의 자세는 아니라는 건가?'

노을이 물드는 늦은 오후에 아내와 함께 근처 조정경기장에 갔다. 우리는 서로의 일과 마음에 대해서 이야기를 하면서 한 시간 정도 걸었다. 마흔이 되면 삶의 자신감이 생기고, 진취적으로 살 줄 알았다. 하지만 자신감은 점점 떨어지고, 두려움이 앞서는 요즘이다.

우리는 집에 도착했고, 나는 책상에 앉아 쉬는데 일본 작가 마스다 미리의 『지금 이대로 괜찮은 걸까?』가 눈에 띄었다. 제목이 내 마음 같았다. 앉은 자리에서 책을 폈고, 읽기 시작했다. 내 눈은 35페이지에서 멈췄다. '미래의 자신은 진짜이고, 지금은 임시라고 생각하는 거네.' 내 눈은 이 문장에 고정되었고, 15년 동안 이직 고민으로 가득 찬 일기가 떠올랐다.

지금도 변함이 없지만 15년 동안 '나는 이곳이 내가 있어야 할 곳이 아니야'라고 생각했다. 이곳을 벗어나면 내 진짜 직업과 모습을 찾을 수 있을 거야. 이곳에서의 내 모습은 진짜가 아니라고 생각했다.

진짜 내 모습이 궁금해졌다. 도대체 내 진짜 모습은 어떨까? 지금 이곳에서의 모습이 내 진짜이지 않을까? 40년을 살았지만 솔직히 진짜 내 모습을 모르겠다. 20대 초반의 자유분방함이 진짜 내 모습인 것 같은데, 지금 나는 40대가 되어버렸으니 말이다.

40살 3개월 15일이 지난 이 시점, 나는 진짜 내 모습이 궁금해졌고, 찾아보고 싶어졌다. '어떻게 하면 내 진짜 모습을 찾을 수 있을까?' 고민이 깊어지는, 봄 내음이 가득한 밤이다.

모험하지 않으면, 나를 발견할 기회를 잃게 된다

2020년 3월 14일 토요일

'모험하지 않으면, 나를 발견할 기회를 잃게 된다.'

— 강주원

젊은 작가의 글인데, 꽤 울림을 준다. 나는 지금 마흔 살이 되었고, 내 인생 가운데 모험을 한 적이 있나 생각해 보았다.

20대 - 군대, 공무원 시험공부, 입사, 결혼

30대 - 세 아들 육아, 육아휴직, 타 기관 파견

나는 한 조직에서만 15년째 일하고 있다. 늘 이곳을 떠나겠다며 입버릇처럼 말해왔지만 말뿐이었다. 행동하지도 못했고, 모험하지도 못했다. 나를 발견할 기회를 얻지 못했다. 마흔이 된 이제야 진정한 나를 발견하고 싶어졌다. 늘 망설여지지만. 늘 고민되지만. 늘 용기가 연기처럼 사라지지만. 얼마 남지 않은 인생 아닌가? 이제라도 진정한 나를 발견할 수 있게 모험을 준비하면 좋겠다. 사실 그 모험이 무엇인지 잘 모르겠다. 그래서 더 망설여지는 것은 아닐까?

갑자기 황현산 선생님의 말씀이 기억났다.

'그러다 갑자기 늙어버렸다. 준비만 하다가'

이러지도 저러지도 못하는 나

2020년 3월 10일 화요일

야간 근무 날이다. 밤 11시부터 새벽 3시까지 정비 시간. 다른 직원들은 자리를 잡고, 새벽 근무를 위해서 쪽잠을 청한다. 나도 잠을 청해보지만 내 눈은 말똥말똥하다. 5분, 10분이 지나면서 곳곳에서 코 고는 소리가 들려온다. 여전히 나는 말똥말똥하다. 과연 나는 잘 수 있을까?

이어폰을 꽂고, 다시 잠을 청해보지만 아무 소용이 없다. 이번에는 창문 밖 도로에서 들려오는 자동차 경적이 잠을 방해한다. 벌써 자정이다. 잠시 화장실을 다녀온 후 심기일전하여 잠을 청해본다. 새벽 1시다. 조용히 코고는 소리만 들려온다. 내 머릿속에서는 별의별 생각이 다 든다.

'나는 왜 이곳에서 일해서 잠도 못 자는 걸까?'

'나는 왜 이렇게 예민한 걸까?'

'차라리 그만두고, 다른 일을 찾아보는 게 더 나은 거 아닌가?'

'나는 15년 동안 왜 이런 생활을 하고 있는 걸까?'

생각은 생각의 끝을 물고, 내 자존감을 뭉그러트린다. 이제 잠이 오려는 데 휴대폰 알람이 울린다. 새벽 3시다. 날 밤을 까버렸구나. 된장, 쌈장, 고추장 같으니……. 이런 날이 제일 싫다. 제대로 쉬지 못하면 새벽 근무에 집중을 못 하고, 퇴근하면 아이들에게 괜히 짜증만 늘 테니까. 이러지도 저러지도 못하는 나를 보는 새벽이다.

걱정한다고 바뀌지 않아

2020년 2월 20일 목요일

야간 근무 마치고, 2시간 동안 지하철과 버스를 타고 집에 도착했다. 졸면서 노래를 듣다 보니 집이다. 플루트를 조금 연습하고, 바로 잠이 들었다. 피곤하다. (잠을 못 잔 피곤함은 마치 누군가가 내 뒤통수를 때렸음에도 몸은 못 움직이고, 반면 정신은 멀쩡한, 어정쩡한 멍함이다.)

상황실 근무도 3년이 다 되어간다. 약 27개월. 나는 수원에서 근무할 줄은 꿈에도 상상해 본 적이 없었다. 그랬던 내가 오랫동안 이곳에서 근무하고 있을 줄이야. 이제는 이곳 생활이 조금은 익숙해졌다. 아침에 일찍 일어나 2시간 동안 대중교통 출근이 이제는 짜증이 나기보다 나름 즐기게 되었다. 특히 야간 근무 출근길에 야탑역 알라딘 중고서점에 들러서 내가 찾던 책을 발견하는 기쁨은 장거리 출근길에 즐거움이 되었다. 여전히 잠 못 자는 새벽 근무는 나를 힘들게 하지만 말이다.

이제는 결단을 해야 할 시기가 조금씩 다가오고 있다. 어떤 선택이 될지는 잘 모르겠다. 무슨 방향이라도 잡고 나가야 하지 않을까? 마흔이 된 후 2개월이 지난 지금, 나는 잠에서 깰 때마다 무엇인가 모를 불안감에 휩싸인다. 너무 자주, 무서울 정도 밀려온다. 나는 어떻게 살아가야 할까?

성경에서 노아는 방주를 만들었다. 나와 다르게 하나님의 음성이 있긴 했지만. 나도 노아처럼 방주를 짓고 있는가? 사방을 둘러봐도 내 방주는 보이지 않는 것 같다. 과연 내 방주를 짓기 위해 나는 지금 무엇을 하고 있는가? 곰곰이 생각해본다. 타인의 눈에는 내 방주가 보이지 않을 것이다. 왜냐하면 나는 방주를 짓기 위해 준비 중이고, 지금은 방주를 짓기 위한 정보를 모으고 있기 때문이다. 죽기 전에 나만의 방주를 만들고, 그 방주를 타고 모험을 떠나고 싶다. 이 불안감 따위는 개한테나 줘 버려야겠다.

"걱정한다고 바뀌지 않아. 90%는 쓸데없는 상상 그냥 내버려 둬. 아름다운 혼돈 완벽하려 할수록 두려움은 더 자라"

— 〈일상노마드〉 이상은 노래

나는 최선을 다했다

2019년 10월 21일 월요일

주간 근무. 아침 6시 30분 출근했고, 저녁 6시에 퇴근하였으나 고속도로가 정체되어 밤 8시쯤 집에 도착했다. 나는 이미 기진맥진한 상태였다. 현관문 벨을 누르기 전 마지막 신고자들(아내와 아이들)을 위해 최선을 다 할 수 있게 정신을 가다듬었다. 정말 피곤했지만 나는 이를 악물고, 율의 받아쓰기를 돕고, 솔과 율의 독서록 작성을 도와주었다. 끝으로 51페이지짜리 그리스 로마 시대 한 권을 읽어주는 것으로 마지막 신고자들의 만족도를 높였다. (해피콜 통화 시 꼭 10점 부탁해. 솔과 율아~)

밤 10시 나는 침대에 누워 스트레스 풀기 위해서 <너의 목소리가 보여> 동영상을 보고 있었다. 갑자기 안방 문이 열리면서 솔이 얼굴을 빼끔히 내민다.

"아빠. 무서워서 잠이 안 와요. 온유 형이랑 율이가

깨어 있을 때는 안 무서웠는데 둘 다 자서 무서워요."

나는 선택의 여지가 없었고, 방으로 함께 가서 솔이 옆에 누웠다. '솔이가 자면 일어나야지'라는 생각으로 누웠으나 잠에 취했나 보다. 다행히 아내가 와서 깨워줬다. 오늘도 이렇게 하루가 마무리되었다. 불혹이 얼마 안 남은 요즘 시간이 너무너무 빨리 흐른다.

나는 지금 잘살고 있는 건가? 올바른 방향으로 가고 있는 건가? 끊임없이 질문하고, 고민하고, 답을 찾아야 하는데 왜 이렇게 피곤한지 모르겠다.

천천히? 천천히!

2019년 9월 9일 화요일

쉬는 날 아침이지만 여전히 피곤하다. 아침에 일어나 내가 아이들을 챙겼어야 했는데 출근하는 혜경스가 아이들을 등교시켰다. 혜경스의 출근은 내 몫으로 아내를 버스 정류장까지 데려다줬다. 그리고 근처에 사는 어머니 댁에 들러 반찬을 가져왔다. 집으로 가는 차 안에서 '카페를 갈까? 조정경기장을 갈까?' 고민하다가 신호등 하나를 지나쳤지만 우회전을 한 후 조정경기장으로 향했다.

비가 조금씩 내렸지만 그냥 걷고 싶었다. 차를 주차하고, 우산을 갖고 내렸다. 다행히 비는 그쳤고, 오늘은 조금 걷고 싶었다. 주변을 둘러보니 구름이 산에 걸려 있었다. 마치 알프스 산 같았다. (나는 알프스에 가 본 적이 없지만) 하지만 난 미사리 조정경기장이다.

걷는 사람들이 제법 많이 보인다. 이런 오늘은 700원이 없다. (조정경기장 자판기 음료수는 싸다.) 오늘 게토레이는 짱이다. 계속 걷는데 하늘이 회색에서 하늘색으로 변한다. 구름 뒤에 숨었던 해가 자기의 얼굴을 들이밀더니 내 얼굴을 달구기 시작했다. 손에 들고 있는 검은 우산을 폈다. 양산을 쓰는 이유를 이제야 알겠다.

아무 생각 없이 걷다 보니 호수의 절반을 돌았다. (조정경기장은 한 바퀴가 5km다.) 그럼 한 바퀴 돌자. 계속 걸었다. 우산 쓰고, 접고, 노래 부르면서, 생각하면서, 카톡을 하면서, 사진 찍으면서. 좋다.

중간에 산책로가 막혀서 도로로 걸었다. 도로 바닥에 '천천히 20'이라고 쓰여 있었다. 내게 하는 말 같다. 나는 천천히 걷고 있다. 강제적 '천천히'와 자발적 '천천히' 모드로. 오늘 아침에도 천천히 모드였다. 혜경스 덕분에 천천히 일어났다. 솔과 함께(온유와 율은 이미 등교를 했기에) 손을 잡고 천천히 등교하다 보니 아파트 담벼락 밑에서 방아깨비를 만났다. 난 만지기 싫은데 솔은 만지고 싶단다. 그리고 혜경스를 버스 정류장까지 아주 천천히 운전해서 데려다줬다. 나는 천천히 조정경기장을 걸으면서 멋진 하늘과 산, 구름을 만났다. 텅 빈 잔디밭에 홀로 피어있는 민들레를 보았다. 이런저런 생각을 했다. 천천히 걸으니 보이는 게 참 많았다.

내 삶도 천천히 모드였음 좋겠지만 천천히 모드로 살기엔 이것저것 신경 쓰이는 게 한둘이 아니다. 남도 나도 신경 쓰인다. 에라. 모르겠다. 집에 있는 『신경 끄기의 기술』을 읽고, 남들 신경 끄면서 좀 천천히 살고 싶구나.

"인생은 속도가 아니라 방향이다."

— 괴테

M자 탈모 시작

2019년 9월 27일 금요일

마흔이 얼마 남지 않은 요즘 전보다 이마를 까는 횟수가 늘었다. 샤워를 하다가도, 왁스를 바르다가도, 그냥 거울을 보다가도 앞 머리카락을 깐 이마를 거울에 자주 비춰본다. 이마가 전보다 더 넓어진 느낌이다. 인정하고 싶지 않기에 느낌만 그럴 거라고 생각했는데, 이마가 확실히 넓어졌다. 머리카락은 얇아지고, 머리를 감으면 머리카락이 많이 빠졌다. 드디어 M자 이마가 시작된 것이다. (아버지의 이마는 삼자로 벗겨지셨다.) 슬프다. 없던 새치도 듬성듬성 생기기 시작했다. 마흔은 내적으로 성숙의 시간이지만 외적으로 늙는 게 느껴지는 시기인 것 같다. 앞으로 이마가 더 넓어지기 전에 모하 칸 스타일을 다시 시도해야겠다. 흰 머리카락이 가득 차면 백발로 다녀야겠구나. 정수리 부분에 머리카락이 빠지기 전에 '흑채'라도 사놔야겠다. 공동구매하실 분?

담쟁이

2019년 11월 30일 토요일

저것은 벽 어쩔 수 없는 벽이라고 우리가 느낄 때, 그때 담쟁이는 말 없이 그 벽을 오른다. 물 한 방울 없고 씨앗 한 톨 살아남을 수 없는 저것은 절망의 벽이라고 말할 때 담쟁이는 서두르지 않고 앞으로 나아간다. 한 뼘이라도 여럿이 꼭 손을 잡고 올라간다. 푸르게 절망을 다 덮을 때까지 바로 그 절망을 잡고 놓지 않는다. 저것은 넘을 수 없는 벽이라고 고개를 떨구고 있을 때 담쟁이 잎 하나는 담쟁이 잎 수천 개를 이끌고 결국 그 벽을 넘는다.

— 도종환 「담쟁이」에서

담쟁이 넝쿨 by

Chapter 3.

틀린 게 아니라 다른 거야

故 노무현 대통령 덕분에 한 달 일찍 군대를 제대하고, 바로 복학을 했다. 군대에서 2년 동안 뇌를 안 움직여서 학교생활이 쉽지 않았다. 나는 이미 예비역 아저씨였지만, 왠지 더 아저씨가 된 기분이었다. 나는 결국 예비역 아저씨를 극복하지 못하고, 한 학기 만에 휴학을 했다.

'뭔가 더 의미 있는 일을 경험하고 싶었다. 고민하고, 열심히 찾았다.'

사촌 형이 일했던 기윤실(기독교윤리실천운동/시민단체)이 생각났다. 나는 기윤실로 바로 전화를 했고, 다음 날부터 자원봉사를 시작했다. 내 유쾌한 성격 덕분에 직원들과도 쉽게 친해졌고, 함께 도시락을 먹는 사이가 되었다. 물론 일도 열심히 했다.

사무실 이삿날이었다. 남자 직원이 몇 명 없었기에 나는 강제적 솔선수범으로 이삿짐을 날라야 하는 상황이었다. 이삿날은 비가 많이 내렸다. 나는 3층 사무실 계단을 타고 열심히 짐을 옮겼다. 시간이 지날수록 비는 더 거세졌다. 내 옷은 비 반, 땀 반으로 젖어있었다. (화장실에서 젖은 머리와 얼굴을 거울에 비춰보는데 멋있어 보였다.) 새로 이사 간 사무실로 짐을 옮기고 있는데 전에 한 번도 본 적 없던 여자 직원이 보였다.

'깃을 세운 폴로 남방에 남색 반바지를 입은 그녀'는 묵묵히 상자를 풀고, 정리하고 있었다. 왠지 호감이 갔다. 누군지 궁금했지만 오늘 하루만큼은 이사 업체의 직원처럼 열심히 짐을 옮겨야 했다.

이삿짐을 대충 정리하고, 직원들과 함께 저녁을 먹으러 갔다. 나는 아까 본 직원과 인사를 했고, 그녀는 나보다 한 살이 많았다. 바로 '누나'라고 불렀다. ('누나'가 '자기'가 될 줄 상상도 못했다.)

첫인사를 하고 나니 그녀가 더 생각났다. 나는 적극적으로 그녀에게 연락을 했다. 함께 영화도 보고, 저녁도 먹었다. 바람이 시원하게 부는 어느 저녁, 나는 그녀와 석촌 호수를 걷다가 "손잡아도 돼요, 누나?"라고 말하면서 슬며시 그녀의 손을 잡았다.

그렇게 우리의 비밀 연애는 시작됐다. 사무실 직원들 모르게 조심조심, 아슬아슬하게 연애를 이어 나갔다. 하루는 서로 업무를 마치고, 사무실로 돌아오는 길에 나는 그녀를 만났다. 우리는 손을 잡고, 사무실 앞까지 걸어가다 사무실 직원과 마주치고 말았다. 우리는 아무 일 없던 것처럼 황급히 손을 놓았지만 이미 그 직원은 우리의 모든 걸 알고 있는 눈빛과 함께 미소를 지었다.

2006년 아버지 정년퇴직 2주 전에 우리는 결혼을 했다. (정년퇴직 전 아버지가 기부한 게 많으니 최소한 다시 기부받고 퇴직하셔야 했다.) 첫 신혼집은 부모님 댁의 아래층이었다. 나는 불편함이 전혀 없었지만 아내는 꽤 불편했을 것이다. 깨소금 볶는 냄새가 진동할 것 같았던 우리의 신혼 생활은 잦은 싸움으로 깨소금 탄 냄새로 바뀌기 시작했다. 서로가 틀렸다고만 생각했지 다르다고는 전혀 생각하지 못했다. 그렇게 일 년을 티격태격한 싸운 후 사촌 형수님의 MBTI 검사를 통해서 알게 되었다. 우리는 틀린 게 아니라 다르다는 것을. 그녀는 내성적이며 이성적이고, 나는 외향적이며 감정적인 스타일임을.

서로의 다름을 인정하고 나니 삶의 질이 달라졌다. 서로를 이해하려는 마음이 조금 더 깊어졌다. 그래서 결혼 15년 차인 나는 신혼부부에게 꼭 조언해 주는 말이 있다.

'연애 십 년과 결혼 하루는 전혀 다르다. 서로 틀린 게 아니라 다른 거다. 인정해야 한다.'

서로 티격태격하며 싸운 세월이 얼마 안 된 것 같은데 벌써 15년이 지났다. 그 사이에 첫 아이를 하늘로 떠나

보냈고, 세 아들이 태어났다. 여전히 우리는 각각의 직장에서 맡은 바 업무에 최선을 다하면서 맞벌이 중이다. 가끔 아내에게 묻는다.

"우리는 잘살고 있는 건가?
앞으로의 삶이 기대될까?"

공동육아와 공동가사

2019년 8월 21일 수요일

어제 페이스북에 '아침에 남자가 음식물쓰레기를 버리면 사람들이 아마도 백수라고 생각하지 않을까'라는 글을 올렸다. 친구 진우는 '음. 이건 생각해봐야 할 문제라고 본다. 제수씨와 같은 여성들은 음식물쓰레기 버리면서 으쓱하지 않을 거 같은데, 왜 너나 나 같은 남성들은 으쓱할 수 있는 사회적 분위기일까. 여성은 남성은 같은 세상에서 살고 있지 않다는 사실 또한 치치(별칭)가 알아줬으면 좋겠다.'라는 댓글을 달아주었다.

사실 이런 의도로 쓴 것은 아니었다. 뭐랄까. 일반 쓰레기 버리는 것은 괜찮은데 음식물 쓰레기만큼은 아침에 버리지 않으면 다른 시간에 버리기가 너무 싫다는 의도로 쓴 글이었다. 너무 이것저것 붙여버렸더니 글이 산으로 가버렸다. 그러다 진우의 댓글을 통해서 다시 한번 내 잠재의식에 대해서 생각하게 되었다. 내가 뻰질나게 말하는, '공동육아와 공동가사'에 대해서 말이다.

나는 결혼 13년 차의 남편이자, 아빠다. 지금 생각해 보면 연애 때 나는 아내에게 '난 참 개방적인 사람'임을 어필했다. 요즘 아내는 나에게 '개방적인 척하는 보수쟁이'라고 말한다. 그 말을 듣고, 나는 발끈하지만 나도 모르게 침대 구석으로 가 박혀서 움츠리고 있다.

어린 시절 나는 가부장적인 환경에서 자랐다. '아이는 부모의 등을 보고 자란다'고 했다. 나는 아버지가 설거지하는 모습, 밥하는 모습, 청소하는 모습, 무거운 짐을 옮기는 모습을 한 번도 본 적이 없다. 심지어 어머니는 냉면도, 족발도, 보신탕도 집에서 직접 요리하셨다. (참고로 돌아가신 아버지를 무조건 비난하는 건 아니다.) 이런 모습을 보면서 자랐기에 겉으로는 개방적인 척하지만 뼛속까지 개방적인 생각을 하기에는 내가 생각해도 여전히 부족하다.

신혼 초, 나는 처음으로 설거지와 빨래를 하고, 밥을 했다. 그때 '가사는 여자의 일이니 조금 도와주는 거야'라는 생각으로 집안일을 했다. 내가 화장실 청소를 하는 경우가 생기면 '아니, 뭐야. 왜 화장실 청소를 안 하는 거야?'라는 마음이 많이 들었다. 왜냐하면 가사는 여자의 일이었으니까. 나는 단지 아내를 돕는 훌륭한 남편이니까.

아. 훌륭하다.

어느덧 결혼 13년이 흘렀다. 아들 셋이 생기고, 어머니 댁에서 분가도 했다. 그래서 가사는 온전히 누구의 몫인가? 나의 것인가? 그녀의 것인가? 우리의 것인가? 한참을 생각한 결과는 이렇다.

'가사와 육아는 우리의 것이다.'

2년 동안 단독(교대근무로 인한 강제적)으로 가사와 육아를 경험해보니, 가사와 육아는 내 것도, 그녀의 것도 아니고 우리의 것이었다.

이제 조금은 머리와 가슴으로 공동가사와 공동육아가 이해됐고, 지금은 열심히 실천하고 있다. 하지만 뼛속까지 이해가 되려면 한참 남았기에 시간이 더 필요해 보인다. 내 잠재의식 속에서 좀 더 '공동'의 삶이 필요한 것 같다.

오늘 아침도 어김없이 아이들 아침을 차리고, 설거지를 하고, 메추리알 장조림을 하고, 빨래를 돌리고, 빨래를 널고, 청소기를 돌리고, 물걸레질을 하고, 게다가 소파를 들어내서 청소를 했다. 아. 허리가 아프구나.

어느덧 이런 아침 풍경이 자연스러운 일상이 되었다. 조금 더 분발하자. 뺏속까지 개방적인 사람이 될 수 있게.

"사소한 일이 우리를 위로한다.
사소한 일이 우리를 괴롭히기 때문에"

— 파스칼

아이들은 알아서 잘한다

2019년 7월 10일 수요일

혜경스와 아이들은 각자의 일터(직장과 학교)로 갔다. 나만 홀로 남아 KBS 라디오 <김미숙의 가정 음악>을 듣고 있다. 설거지하고, 빨래를 개고, 청소해야 하는데. 집안 곳곳에는 아이들의 흔적들이 고스란히 남아 있다. 마치 애벌레가 허물을 벗어놓은 듯. 요즘 아이들에게 하는 잔소리 중 1위는 "방 좀 치우지!"이다. 아이들이 정리를 안 하면 나는 헐크로 변신하여 강압적으로 아이들 방 청소를 시킨다. 청소가 곧 벌이다.

그런데 말입니다. 불현듯 무슨 생각 하나가 머릿속을 스쳐 지나갔다.

'혜경스와 아이들이 있기에 내가 이렇게 잘살고 있는 건데.'

잘살고 있다고 생각하면서도 요즘 스트레스가 하나 더 생겼다. 혜경스가 팀장이 되면서 생긴 스트레스다. 팀장이 되고 나서 혜경스의 출근은 빨라지고, 퇴근은 늦어졌다. 아이들은 셀프 등교와 오후 4시쯤 셀프 하교 후 저녁 7시까지 신나게 논다. 저녁 7시부터는 엄마를 기다린다. 아이들만 집에 있는 것이 스트레스였다. 지금 당장 어떻게 할 수가 없었기에 스트레스가 더 심해졌다.

저녁 식사를 함께하면서 혜경스가 아이들에게 물었다. "엄마가 늦게 와서 안 좋지?" 아이들은 함박웃음을 지으며 이구동성으로 "아니요. 노는 시간이 더 많아져서 좋아요"라고 대답한다.

내 생각은 기우에 불과했구나. 나는 이 상황을 받아들여야만 했다. 혜경스는 팀장이기에 약간의 희생이 따랐다. (혜경스가 매니저 할 때는 가까운 곳으로 출퇴근을 했기에 아이들과 함께 하는 시간이 더 많았다.)

나는 혜경스가 아이들을 돌보지 못하는 것이 좀 싫었다. 하지만 아이들은 달랐다. 이제 이 스트레스는 어느 정도 해결이 된 것 같은데 또 다른 스트레스가 기다리고 있다.

바로 아이들의 방학이다. 이 또한 기우에 불과하겠지.

'아이들은 어른들이 생각하는 것보다 알아서 잘한다'

오늘은 휴무 날

2019년 3월 26일 화요일

휴무 날 아침. 늦잠을 자고 싶은 마음은 굴뚝같으나 아침 7시 30분에 일어나 아침 식사를 준비한다. (보통은 혜경스가 하지만 휴무 날이기에) 아침은 팬케이크. 팬케이크 분말에 계란과 우유를 넣고, 골고루 잘 녹게 저어준다. 다음 프라이팬에 기름을 두르고, 팬케이크 반죽을 푼다. 늘 만드는 팬케이크지만 매번 기름의 양과 불 조절이 쉽지 않다. 첫 번째와 두 번째 팬케이크는 잘 구워졌으나 세 번째와 네 번째는 타 버렸다. 메이플 시럽과 딸기를 버무려서 팬케이크를 먹는 아이들. 아이들이 먹는 모습만 봐도 배가 부르다. 타버린 팬케이크는 내 몫이다.

온유는 새벽에 일어나 수학 문제집을 풀면서 상당히 어렵다고 한다. 내가 보기에도 어렵다. 나는 문과 출신이니까. (초 3학년 수학 문제가 어렵다고 느껴지면 내가 문제인

거 같기도 하다.) 수학 문제가 어려워서 포기할 법도 한데 한 번도 빼먹지 않는 온유다. (날 닮지는 않았다. 엄마를 닮았나?)

나는 늦게 일어난 솔과 율에게 머리카락을 감으라고 하고, 드라이로 말려주었다. 세 아이의 머리카락을 말리는 일은 귀찮으면서 은근히 힘이 든다. 긴 머리카락이 아님에 감사할 따름이다.

아침 식사를 마친 온유가 제일 먼저 등교를 하고, 조금 있다가 솔과 율이 등교를 했다. 아이들이 등교할 때 최대한 기분 좋게 보내려고 노력하고 있으나 마음처럼 쉽게 되지 않는다. 다행히 오늘 삼총사는 나와 포옹을 하고, 기분 좋게 등교를 했다. 아내 혜경스를 출근시키는 일만 남았다. 혜경스 출근 시간까지 20분이 남았구나.

"헤이, 카카오. 듀크 조던의 플라이 투 덴마크 들려줘"

나는 오랜만에 성경을 읽고, 혜경스는 소파에서 신문을 읽는다. 좋다. 조용한 재즈를 들으며 둘이 한 공간에서 각자의 일을 하는 느낌. 서로의 이야기를 하고, 그 이야기를 들어준다. 뭐, 가끔은 티격태격하기도 하지만. 그나저나 오늘 저녁은 자장면이다. 얼른 양파와 당근 볶고, 밖에 나가서 광합성 좀 해야겠다.

"행복한 가정은 미리 누리는 천국이다."

— 로버트 브라우닝

교장 선생님과 상담

2019년 9월 26일 목요일

오늘 아침 온유의 초등학교 교장 선생님과 상담을 했다. 온유가 다음 달 1일에 새 학급으로 옮기는 것과 관련된 상담이었다. 어제 오후에 나는 집에서 쉬고 있었고, 온유가 하교를 했다. 나는 온유에게 "학교 잘 갔다 왔냐?"라고 물으니, 갑자기 온유는 침대에서 이불을 감싸고, 울기 시작했다. "왜 울어?"라고 물어봐도 대답하지 않았다. 온유는 한참을 울고 나서 내게 학교 통지문을 보여주었다. 학교 통지문에는 올해 전학 온 학생들은 10월부터 새 학급으로 편성된다는 내용이었다.

나는 이미 알고 있었지만, 학교 통지문을 받아보니 기분이 좋지 않았다. 당사자가 아닌 부모도 기분이 좋지 않은데, 온유는 얼마나 마음의 상처가 되었을까? 회사에서도 업무 분담만 바뀌어도 스트레스인데, 온유는 어마어마한 스트레스를 받고 있겠지. 전에 온유는 반 옮기는 것에 대해서 이렇게 말 한 적이 있었다. "괜찮아요. 3개월만 있으면 되는걸요" 이 말을 듣고 나와 혜경스는 깜짝 놀랐다. "와. 대단한 마인드인데" 막상 반을 옮긴다고 하니 온유는 '폭풍 가운데 어디로 갈지 몰라 울고 있는 양'과 같은 마음이었겠지. 어제 학교 통지문을 받자마자 나는 학교에 전화를 해서 교장 선생님을 만나고 싶다고 말했다. 다음날 아침 9시 30분에 교장 선생님과의 상담을 예약했다.

아침에 일어났는데 머리가 아팠다. 편두통이다. (보통 편두통이 시작되면 눈에서 레이저가 나오는 것 같이 고통이 심했다.) 오늘 학교에 갈 수 있을까 걱정이 되었다. 하지만 온유를 위해서 편두통을 이겨내고, 상담하러 가야겠다고 마음을 먹었다. 샤워를 하고, 제일 점잖은 옷으로 갈아입고, 경기도 학생인권조례 3조를 출력했다. 커피 원두를 천천히 갈면서 오늘 상담할 내용을 생각했다. 커피를 한 잔 마시고 학교로 출발했다. 교무실에 도착하니 바로 교장실로 안내했다. 갑자기 머릿속이 복잡해진다. '괜히 왔나? 괜히 아이를 불편하게 하는 건 아닌지?' 난 이미 교장실에 앉아 있다. 큰소리로 화를 내면서 대화하고 싶지도 않다. (사실 교육청에 전화해서 다 알아본 상태였다.) 교장 선생님과 상담을 한들 바뀌는 것이 없다는 것도 알고 있다. 아주 잘 알고 있다. 그래도 아이의 '행복한 권리'를 위해서 상담은 해야 했다. 약 20분간 상담을 했다. 내가 생각한 대로 바뀌는 것은 없었다. 온유는 새 학급으로 옮겨야 한다.

온유에게 미안했다. 다행히 교장 선생님은 꽉 막힌 분은 아니었다. 학부모 의견에 공감하고, 이해하려는 모습이 보였다. 교장 선생님은 2학기에 새로 부임하셨고, 모든 계획은 1학기 때 이미 정해진 거라. 참 어렵다.

모든 일을 평등하게 처리하기란 힘들지만 내 아이가 피해 보는 것은 참기 어렵다. 정말 대안이 없는 것인가? 나는 아이가 학기 중에 반을 옮기 수 있다고 생각한다. 하지만 아이가 반을 옮기는 과정이 너무 아쉬웠다. 100% 통보다. 학부모나 아이들의 의견을 조금이라도 수렴했다면 더 좋은 방법이 있지 않았을까? 민주주의 어려움을 깨닫게 된다.

온유는 10월 1일부터 새 학급에서, 새로운 선생님과 함께 생활한다. 부디, 잘 적응해 주길 바랄 뿐이다. 힘들고, 어렵겠지. 온유가 힘내주길 기도할 뿐이다. 힘내라!

가끔 우리는 살면서 생각한 곳에 갔지만 생각지도 못한 일이 벌어지기도 하고, 생각하지도 못한 곳에 가서 생각보다 좋은 일이 벌어지기도 한다. 이런 기대하는 마음으로 온유에게 좋은 일이 있길.

P. S

어제 온유는 많이 울었다. 나는 온유에게 "오늘 학교에 가기 싫으면 안 가도 돼"라고 말했더니, 온유는 "학교는 갈 거예요"라고 말한다. 이 학교가 싫지는 않은 것 같다. 다행이다.

녹색 아버지

2019년 12월 27일 금요일

몇 주 전 혜경스는 내게 특별한 부탁을 했다. 특별한 부탁이란 녹색 어머니회 참석이었고, 바로 오늘이었다. 때마침 쉬는 날이었기에 가능했지만 쉬는 날이 아니었어도 당연히 내가 참석했을 것이다. (나는 공동가사와 공동육아를 실천하는 남편이니까!)

녹색 어머니회 소집 시간이 아침 8시 20분이라 서둘렀다. 보통 쉬는 날은 아이들 등원 시키고, 집에서 혼자만의 시간을 보내며 쉼을 누리는 날이지만 어쩌겠는가? 혜경스의 부탁인데 당연히 해야지. 나는 아침 7시 35분에 일어나 아이들 아침 준비를 끝내고, 바로 씻고, 옷을 입고, 얼굴에 화장품을 바르는 것을 끝으로 녹색 어머니회 참석 준비를 마쳤다. 혜경스가 아침을 먹는 동안 나는 준비를 마치고, 현관에서 신발을 신고 있었다.

"어그 부츠 신으면 좀 그런가?"

"신어. 어차피 아빠가 참석하는 것 자체가 이슈가 되지 않을까!"

나는 튀고 싶지 않았지만, 튈 수밖에 없는 상황이었다. 롱 패딩으로 중무장한 나는 이한철의 〈흘러간다〉를 들으며 아이들보다 빨리 학교에 도착했다. 주머니에 찔러 넣었던 '녹색 어머니 종이'를 몇 번씩 확인하면서 3층 대기실에 도착했다. 일등이다. 이런 거라도 일등 해야지. 대기실에 들어가서 이것저것 살피고 있는데, 다른 어머니가 왔다. 먼저 나는 "안녕하세요. 율의 아빠입니다"라고 인사했다. 나는 친구 어머님께 녹색 어머니에 대해서 몇 가지를 물어봤다. 그 사이에 나머지 어머니들이 도착했다. 혼자만 아빠라 어색할 줄 알았는데, 다른 어머니도 어색해 보인다. 녹색 어머니 조끼를 착용 후 노란색 깃발을 어깨에 메고, 교문 밖으로 나갔다. 녹색 어머니 모자를 썼어야 했는데. 아쉽다. (녹색 어머니 모자가 작았을 것 같다.) 내 구역은 4번이다. 다른 어머니께 위치를 묻고, 내 구역에 도착했다.

아침 8시 30분, 이제부터 '쇼 타임'이다. 우리 아이들의 안전은 내가 지킨다는 마음으로 '노란색 깃발'을 오른

손으로 꽉 잡았다. 내 위치는 옆 중학교와 인접해 있는 횡단보도 앞이다. 내 구역에는 초등학생보다 중학생이 많이 지나갔다. 이 친구들도 우리 아이라고 생각을 하면서 나는 중학생들에게 "수고하세요"라는 멘트와 함께 안내를 했다. 의외로 "고맙습니다"라고 대답해주는 중학생들이 많았다. 착한 것들.

코와 귀가 떨어져 나갈 것 같은 추위였다. 안전지도를 하는 동안 내게 교감 선생님과 율의 담임선생님이 왔다 가셨다. 참. 세상이 많이 바뀌긴 했구나. 선생님들이 내게 "고맙습니다"라고 인사를 한다. 나는 율의 담임선생님과 잠시 인사를 나눴고, 선생님에게 날씨가 추우니 빨리 들어가시라고 말했다.

아침 9시, 학교 종이 울린다. 이제 녹색 어머니 철수 시간이다. 3번에 계신 어머님이 '이제 가자'며 손짓을 하신다. 교문으로 돌아오는 길에 교장 선생님을 만났다. 2학기 초에 교장 선생님과 상담한 적이 있었는데 나를 기억하고 계셨다.

다시 대기실로 돌아와 조끼와 노란색 깃발을 반납했다. 다른 어머니들은 카페에 가신다고 했다. 내게 '같이 가실래요?'라고 물어볼 줄 알았는데 다행히 물어보지 않았다. (은근히 물어봐 주길 기다렸는데) 나는 집에 돌아와서 혜경스에게 '녹색 어머니회 참석 보고'를 보냈다. 따뜻한 집에 들어오니 잠시 머리가 아팠다. 아침부터 차가운 공기를 마셨더니 머리가 아픈 것 같다.

아이들을 위한 봉사는 생각보다 어려웠다. 우리처럼 맞벌이 부모에게는 어려운 숙제처럼 느껴졌다. 나는 교대 근무였기에 녹색 어머니 봉사가 가능했지만 다른 맞벌이 부모는 어려움이 많을 것 같았다. 이번에 봉사에 참여해보니 교통 지도는 아빠들의 영역처럼 느껴졌다. 어머니들은 교통 지도가 아니더라도 가능한 봉사가 많기에 말이다.

날씨는 무척 추웠지만 마음만큼은 뜨거운 핫팩 같았다. 그것도 마지막 30대의 2019년 12월 27일 금요일 녹색 어머니회를 참석한 오늘이 내 기억 속에 오래도록 남을 것이다. 아마도 내년에도 내가 참석하겠지만.

P. S

2020년부터 녹색 어머니회는 녹색 부모회로 변경되었고, 코로나19로 인해서 활동은 잠정 중단되었다.

Welch's

방과 후 활동 참여 수업

2019년 5월 29일 목요일

어제와 오늘은 온유의 방과 후 활동 참여 수업에 참여했다. 어제는 미술 방과 후 수업에 참여해서 함께 스파이더맨과 니체 화분을 만들었다. 옆에 있던 온유의 친구들과 대화도 많이 나눴다. 오늘은 플루트 방과 후 활동이 있는 날이다. 온유와 학교에 가면서 우리는 이런 대화를 나눴다.

"네가 잘하는 모습을 보러 가는 게 아니라 어떻게 하는지 보러 가는 거야. 못 해도 되니 신경 쓰지 마."

"(웃으면서) 알겠어요."

분위기가 좋다. 과거 참여 수업을 회상해 본다. 안 좋은 추억들이 많았기에 미리 온유를 안심시켰다. 우리는 플루트 교실에 도착했고, 나는 온유 뒤에 앉았다. 온유는 플루트와 악보대를 세팅했고, 앞에 나가서 선생님과 함께 튜닝을 했다. '좋다. 잘한다.' 이어서 다 함께 계이름 '시'를 연주했다. 그때 온유가 눈물을 흘리기 시작했다. 나는 당황스러웠다. '뭐지? 왜 그러지?' 나는 아무 말도 하지 않았다.

"왜 울어?"
"시 운지법을 몰라서……."
"모를 수도 있지. 그렇다고 울면 어떡해?"

나는 순간 '화를 내야 하나? 화장실로 데리고 가서 뭐라고 해야 하나?' 머리가 복잡하고, 가슴이 콩닥콩닥해졌다. 이런 일을 여러 번 경험해서 익숙해질 법도 한데. 힘들다. 내가 참여 수업에 안 온 것도 아니고, 도대체 왜 그러는 거야?

'화를 내고 싶었지만 심호흡을 길게. 후~ 후~ 후~ 정신일도 하사불성.'

조금 진정이 된 온유와 나. 다음은 한 학생씩 앞으로 나와서 연주하는 시간이다. 나는 이 분위기에서 온유가 앞으로 나가지 않을 것임을 확신했다. 온유에게 앞으로 나가라고 강요하지 않았다. 하지만 식스센스 급의 반전이 일어났다.

울음을 멈춘 온유가 앞으로 나갔다. 선생님의 도움을 받아 계이름을 하나씩 분다. 잘 안 되어서 결국 울음을 터뜨렸지만. 이 힘든 상황에서 앞에 나간 온유가 신기할 따름이다.

〈작은 별〉 합주로 수업이 끝났다. 우리는 선생님과 마무리 인사를 하면서 짧게 대화를 했다.

"온유가 오카리나는 잘 연주하는데요!"

"온유가 잘하는데요. 오늘은 아빠가 와서 긴장했나 봐요. 아빠를 닮았나 봐요?"

"맞아요. 절 닮아서는 그런가 봐요. 울고 뭐 그런 건 어쩔 수 없죠."

결국 누구를 닮았겠나? 아빠와 엄마를 닮아서 그렇겠지. 인정한다. 부정할 수 없는 사실이니까. 그냥 있는 그대로 온유를 인정해줘야지. 오늘 온유가 우는 상황에서도 나름대로 진정한 후 앞으로 나간 것에 마음을 다해 큰 박수를 보낸다. 브라보!

우리는 돌봄 교실에 있는 솔과 율이를 데리고 학교 앞 편의점에 들러서 아이스크림을 먹으며 집에 왔다. 나는 온유에게 이렇게 말해주었다.

“일주일에 한 번 플루트 하는데 잘하길 바라는 것은 힘든 일이지. 그래도 잘했다.”

온유의 마음이 자라는 만큼 내 마음도 자라나 보다. 어디까지 자랄지는 잘 모르겠지만. 마음이 잘 자랄 수 있게. 오늘도 정신일도 하사불성의 정신으로 인내, 즉 기다려주기!

돌봄 추첨하는 날

2019년 2월 18일 월요일

오늘은 쌍둥이 돌봄 교실 추첨하는 날이다. 혜경스한테 말은 안 했지만 엄청 신경 쓰이고, 긴장됐다. 하필 내가 쉬는 날 추첨이라 더욱 그랬다.

아침에 아이들과 혜경스는 각자의 일터로 향했고, 나는 여유 있는 척 커피 한잔 마시면서 기도 아닌 기도를 하고 있었다. 무지 긴장은 됐지만 왠지 모르게 마음은 편안했다. 갑자기 목사님의 설교 말씀이 떠올랐다.

'인생사 새옹지마'

경건한 날인만큼 목욕을 깨끗이 하고, 넥타이를 매고, 이어폰을 끼고, 경건한 노래를 들으면서 추첨 현장으로 출발했다. 오후 2시 40분부터 3시까지 입실 시간이다. 나는 50분쯤 도착했다. 사람들이 많이 앉아 있었다. 나는 입구에서 접수를 하고, 맨 뒷자리에 앉았다. 긴장된다.

진행자는 오후 3시 1분이 되자마자 문을 잠그고, 추첨에 대한 설명을 시작했다. 총 72명을 뽑고, 그중 5명은 우선 합격이라 했다. 현장 추첨 당첨자는 68명이다. 2명이 참석하지 않았기에 탈락자 즉 대기자는 9명이 된다. 이 설명을 들으니 더 긴장된다. 이런, 혜경스를 보낼 걸.

나는 플랜 A, B, C를 가지고 있었다. A는 둘 다 당첨, B는 둘 다 탈락, C는 한 명은 당첨, 한 명은 탈락이다. 최상의 시나리오는 플랜 A이지만 내 뜻대로 되려나 모르겠다. 주황색 탁구공은 당첨이고, 하얀색 탁구공은 대기자다. 즉, 하얀색 탁구공이 9개 들어 있다는 뜻이다. 나머지 68개는 주황색 탁구공이다. 잘 뽑아야 한다. 로또 당첨보다 더 어려운 것 같다.

드디어 1번이 뽑는다. 주황색이다. 나는 10번, 11번이다. 1번부터는 9번은 전부 다 주황색이다. 이제 내 차례다. 순간 머릿속에서 별생각이 다 든다. '하나는 주황이고, 하나는 흰색이면 어떡하지? 왠지 혼자 민망할 것 같다. 의자에 앉은 사람들이 나를 뭐라고 생각할까? 불쌍하다 아니면 잘됐다. 나는 끝까지 남아야 하는 건가, 아니면 한 명 포기하고 집에 가야 하나?'

나는 차분하게 깊은 호흡을 하고, 오른손을 추첨 상자 안으로 집어넣는다. 아무 생각이 없다. 눈앞이 깜깜하다. 하나를 집는다. 올린다. 주황색이다. 다시 손을 집어넣는다. 다시 집는다. 올린다. 다행이다. 주황색이다. 그리고 둘 다 같은 돌봄 교실로 당첨됐다.

당첨을 확인하고, 자리로 돌아왔다. 당첨됐기에 끝까지 남았다가 돌봄 교실 설명을 듣고 가야 한다. 긴장이 풀린다. 갑자기 탄성이 들려온다. 중간 번호 분이 하얀색을 뽑은 것이다. 이제 거의 추첨 막바지다. 마지막 2명이 남았다. 공교롭게도 당첨 1명, 대기 1명이 남았다. 먼저 뽑는 사람에 따라 마지막 사람의 운명이 달렸다. 드디어 앞 번호 사람이 뽑는다. 아, 주황색이다. 순간 마지막 사람의 얼굴이 굳어지면서 쓴웃음을 짓는다.

곰곰이 생각을 해보니, 이왕 아이들 돌봄인데 9명 더 추가해서 모든 학생을 다 돌봄을 하면 안 되는 건가? 내가 9명 안에 안 들어서 다행이었지만 안타까웠다. 이제 9명의 아이들은 학원 뺑뺑이를 돌겠지. 사교육비도 만만치 않을 것이다.

모든 학생이 방과 후 돌봄 교실에 참여할 수 있는 정책이 나왔으면 좋겠다. 아동 수당도 좋지만 실질적으로 맞벌이 부부에게 필요한 정책이 시급하다. 예를 들면, 신청만 하면 돌봄을 다 할 수 있는 제도라든가. 맞벌이 부부 중 한 명은 오후 3시 조기 퇴근을 시켜주는 것이다. (이건 내 의견일 뿐이다. 말도 안 된다고 생각하는 분들이 많겠지만.) 최근에 신문에서 '돌봄 교실 예산이 점점 줄어들고 있다'는 기사를 읽었다. 복지는 확대되는데 정작 맞벌이 부모 입장에서는 피부로 와 닿는 게 별로 없구나. 내년에도 또 추첨해야 하는데 그때는 무조건 혜경스를 보내야겠다.

P. S

다행히 2020년도 추첨 없이 돌봄 교실에 당첨되었으나

코로나19로 인해서 쌍둥이는 방콕중이다.

학생인권 조례

2019년 6월 12일 수요일

며칠 전 온유가 이런 이야기를 했다.

"2학기 때 전학 온 친구들이 많아져서, 한 반이 더 생기면 저는 새로운 반으로 가야 한대요. 친구들이랑 헤어지기 싫은데… 가기 싫은데…"

온유는 이번 학기에 이 학교로 전학을 왔고, 첫날부터 함께 했다. 전학 후 2주가 지나서 학교에서 전화가 왔었다.

"전학 수속할 때 말씀드려야 했는데, 학교 방침이라 나중에 새 학급이 생기면 온유처럼 전학 온 친구들은 새 학급으로 가야 합니다."

처음에 바로 민원으로 넣을까 했는데, 학교 사정이 있겠다 싶어서 참았다. 그러다 온유가 다시 말을 꺼내니 신경이 쓰였다. (생각해보니 온유가 이 학교에 적응한 지 얼마 안 됐는데 또 다른 반으로 옮기는 것은 아이를 두 번 죽이는 일이었다.)

요즘 목수정 작가의 『칼리의 프랑스 학교생활』을 읽고 있다. 프랑스 아이들의 학교생활을 알려주는 책으로 아이들의 인권에 대한 이야기도 자주 나온다. 아이를 키우는 입장이지만 솔직히 아이의 인권에 별 관심이 없었다. 이 책을 읽으면서 아이의 인권에 대해서 많이 생각하고, 부모인 내가 아이의 인권을 보호해주지 못한 것들에 대해서 많이 반성했고, 또 반성하고 있다. 그 와중에 온유에게 이런 이야기를 들으니 기가 찰 노릇이었다.

결국 학교의 편한 행정을 위해서 아이의 권리(경기도 학생인권 조례와 유엔아동권리협약)는 무시당하고 있는 것이다. 맞다. 부모로서 아이의 권리에 대해서 무지했고, 관심이 없었다. 이제라도 우리 아이뿐만 아니라 모든 아이의 행복할 권리를 위해서 발 벗고 나서야겠다. 먼저 학교에 가야겠다.

**경기도학생인권 조례 제3조 1항 : 학생의 인권은 학생이 인간으로서의 존엄성을 유지하고, 행복을 추구하기 위하여 반드시 보장 되어야 하는 최소한의 권리*

**유엔아동권리협약 3조 어린이를 제일 먼저 : 정부나 사회복지기관, 법원 등 우리와 관련된 일을 하는 모든 기관은 우리에게 무엇이 가장 이익이 되는지 그 점을 제일 먼저 생각해야 한다*

멍 때리기 존중하기

2019년 7월 12일 금요일

오늘은 쉬는 날이다. 혜경스는 아침 9시까지 서울 회현으로 출근하기에 상당히 분주하다. 나는 드라이기 소리에 눈이 떠졌다. 아침 6시 50분이다. 나는 혜경스에게 상일동역까지 데려다주겠다고 했으나 혜경스는 괜찮다고 했다. 나는 안쓰러운 마음에 몇 차례 더 데려다주겠다고 했지만, 혜경스는 혼자 갈 테니 신경 쓰지 말라고 퉁명스럽게 대답했다. (그때 눈치챘어야 했다.)

내가 화장실에 간 사이에 혜경스는 출근을 했다. 혜경스에게 전화를 하니 걸어가고 있단다.

"차 타고 가지……."

나는 아이들을 깨우고, 아침 식사를 차렸다. 아이들 등교시킨 후 혜경스에게 톡을 보냈다.

"차 타고 가지. 치사하게"

"그런 소리 좀 하지 마. 그냥 혼자 멍 때리고 싶어."

생각해 보니, 어젯밤 혜경스는 회사 일로 스트레스를 받았다고 이야기를 했다. 나는 전날 야간 근무로 인해서 비몽사몽한 상태였기에 혜경스의 말을 집중해서 못 들었다. 혜경스의 이야기에 깐죽거리지 말고, 그냥 집중해서 잘 들었어야 했는데. 어제의 회사 스트레스 때문에 멍 때리기가 필요했나 보다.

"나의 멍 때리기가 소중하듯
상대방의 멍 때리기도 소중하다"

— 치치(저자 닉네임)

아내가 팀장이 되고 나서

2019년 8월 12일 화요일

혜경스가 팀장이 된 후 우리 집 풍경이 많이 바뀌었다. 혜경스는 아침 7시 출근이 많아졌다. 오늘은 나의 쉬는 날. 아이들은 여전히 꿈나라다. 나는 혜경스를 상일동역까지 데려다줬다. 나는 이 팀장님을 잘 모셔야 하는 김 반장이니까.

온유는 현관문에 있는 신문을 가져와서 읽고 있고, 율은 깨어났고, 솔은 여전히 꿈나라다. 방학이지만 맞벌이 부모덕에 학교에 가야 하는 친구들이다. 율과 솔은 씻었다. 오늘 아침은 아이들에게 '빨리빨리'라고 말하는 대신 묵묵히 기다려줬다. 아침 메뉴는 크림수프, 요리사는 온유다. 몇 번의 위기가 있었지만 맛있는 수프가 완성되었다. 나는 토마토를 설탕에 뿌려서 예쁜 접시에 담았다. 조촐하지만 남자 넷의 아침 식사다. 아침 식사를 못 한 혜경스에게 조금 미안함이 느껴진다. (나는 조금 더 일찍 일어나서 혜경스의 아침을 챙겼어야 했다.)

솔과 율은 학교 돌봄으로, 15분 뒤 온유는 방과 후 활동 차 학교로 등교했다. 그 사이 온유는 '레고 탄생 이야기' 보고서를 작성 중이고, 아주 잘 정리했다. 나는 사진 넣는 방법을 알려주고, 온유가 도움을 요청할 때마다 도와줬다. 나는 소파에 앉아서 김연수의 『청춘의 문장들』을 읽었다. 공감되는 내용이 많아서 웃음이 절로 나왔다. 온유는 내게 "왜 웃나?" 물었다. 나는 "네가 나중에 어른이 돼서 읽어보면 웃길 거야"라고 대답했다. 이제 혼자다. 이현우의 라디오를 듣다가 신청곡을 보냈다. 내 신청곡은 선곡되지 않았지만 기프티콘(팥빙수)을 선물로 받았다.

오후 3시다. 혜경스가 예약한 디지털 도서관 게임 존에 가야 할 시간이다. 예약 시간이 다 되어 가는데 솔과 율이 집에 안 온다. 솔과 율이가 울면서 교문 밖으로 나온다. 돌봄 선생님께 오후 2시 20분에 집에 간다고 했는데 안 보내줬다고 한다. 나는 아이들을 진정시켰다.

"이제 울지 말고, 즐겁게 게임을 하러 가자."

디지털 도서관에 도착한 우리는 2층 게임 존으로 올

라갔다. 다행히 닌텐도 스위치는 3인용 게임이 가능했다. 게임하면 시간이 후다닥 갈 텐데. 나는 혜경스의 퇴근 시간에 맞춰 역에서 모셔왔다. 오늘 저녁은 삼겹살이다. 저녁 준비하고, 설거지하고, 정리하면 오늘 하루도 끝난다. 오늘 하루도 나름 잘 살았다.

"기쁨은 사물 안에 있지 않다. 그것은 우리 안에 있다."

— 리하르트 바그너

인간은 감정의 동물

2019년 4월 10일 수요일

오늘은 학교 공개수업에 참석하는 날이다. 공개수업 역시 내가 참석한다. 나는 전날 체력 측정과 야간 근무로 에너지가 바닥이 난 상태였다. 게다가 퇴근 후 수원에서 하남으로 이동해야 한다. 새벽 근무로 인해 피곤함이 몰려왔고, 학교에 늦을까 봐 마음이 급했다. 무조건 오전 9시 55분까지는 학교에 도착해야 한다. 다행히 지인의 도움으로 시간에 맞춰 학교에 도착했다.

이틀 전 아이들에게 미리 약속해 두었다. 공개수업이 10시부터 10시 40분이니, 다음과 같이 참석하겠다고 말했다.

아빠의 공개수업 일정표

순번	이름	참석 시간	교실 위치
1	김솔	10시 ~ 10시 15분	1층
2	김율	10시 15분 ~ 10시 29분	1층
3	김온유	10시 30분 ~ 10시 40분	3층

나는 1학년 교실에 도착하여 솔과 율에게 눈인사를 하고, 솔의 반에 들어갔고, 선생님과 눈인사를 했다. 수업은 시작됐고, 솔이는 일일 반장이었다. 솔은 의자에 올라가서

"차렷, 열중 쉬, 차려, 공수, 선생님께 경례!"

(전날 혜경스의 말에 따르면, 솔이 엄청 큰 소리로 '차렷, 열중 쉬~'를 연습했다고 한다.) 목소리가 좀 작았지만, 뭐, 그래도 좋다! 솔의 늠름한 모습을 뒤로하고, 율이 있는 옆 반으로 후다닥 이동했다.

나는 잽싸게 율 옆으로 갔다. 때마침 율의 모둠에서 발표인지라 율의 발표를 볼 수 있었다. 옆 짝꿍에 대해서 얼굴을 그리고, 짝꿍에 대해서 이야기하는 시간이었다. 율이는 또박또박 발표를 잘했다. 나이스! 율에게 인사를 하고, 마지막 온유 형이 있는 3층 교실로 날아갔다.

내 예상과는 달리 온유는 맨 앞줄에 앉아 윗도리를 뒤집어쓰고 울고 있었다. 헐! 분명히 모두에게 약속을 했건만……. 당황스럽다. 나를 보더니 갑자기 큰소리로 더 운다. 완전히 멘붕이다. 창피하다. 뒤에는 친구들 부모들이

있기에 선생님도 당황한 눈빛이다. 선생님께서 온유를 밖으로 내보내셨고, 나는 온유를 데리고 화장실로 갔다.

"김온유, 왜 울어?"

"……"

"내가 솔과 율이한테 갔다 온 다음에 온다고 했잖아."

"……"

"내가 너한테 약속으로 안 지켰니?"

"……"

"너 뭐야?"

"……"

"세수해."

"……"

정말 화가 머리끝까지 났다. 집에 있었다면 온유는 더 크게 혼났을지도 모른다. 다행히 학교였기에 나는 품위를 지켜야 했다. 온유를 다시 교실로 들여보내고, 나는 선생님께 사과를 했다. 집에 걸어오는 동안 내 안의 분노가 불타올랐다. 정말 화가 났고, 실망스러웠고, 말로 표현하기 어려울 정도의 분노가 일어났다.

피곤함과 분노가 한꺼번에 몰려오니 감정을 주체하기가 어려웠다. 우선 집에 도착하여 침대에 누워 큰 과자 한 봉지를 다 먹어버렸다. (보통은 맥주를 마실 텐데) 그리고 자버렸다. 저녁 6시까지 잤다. 일어나보니 침대 위에 온유가 쓴 색종이 편지가 있었다. 자기가 생각해도 미안했는지 떡볶이를 만들었단다. 하지만 편지 내용대로 맛은 그다지… 저녁을 먹으면서 온유와 이야기를 했다.

"분명히 아빠가 말했잖아. 솔과 율에게 갔다 온 다음에 너한테 간다고. 그런데 그렇게 울면은 어떡하니?"

"아빠가 안 올까 봐."

"헐. 내가 약속했잖아. 내가 언제 약속 안 지켰니?"

"……"

"아빠도 감정이 있으니 지금 당장은 말하고 싶지 않아."

"2학기 공개수업 때는 저한테 먼저 오세요."

"어? 어!"

순간 머리를 돌로 '띵' 하고 맞는 느낌이었다. 맞다. 온유도 아이지. 여전히 엄마, 아빠의 사랑을 독차지하고 싶어 하지만 동생들 때문에 쉽게 표현하지 못하는 어른아이.

누군가가 '인간은 감정의 동물이다'라고 말했다. 온유는 단지 슬픈 감정을 격하게 표현했던 것뿐이었다. 아빠인 나는 슬픈 감정의 온유를 이해 못 했고, 온유보다는 남들의 시선을 더 신경 썼다. 나는 못난 아빠였다. 혹시 나는 아이들의 소중한 감정을 통제하고 있지는 않은가? 아이들의 감정과 느낌을 이해한다는 게 어려운 과정임을 다시 한번 깨닫는다. 앞으로 니체의 말처럼 아이들을 키우고 싶다. 아이들이 야생(감정)을 잘 풀어놓을 수 있도록 말이다.

"내 안의 야생을 풀어놓자."

— 니체의 『우상의 황혼』 중

안 다쳤니?

2020년 2월 18일 화요일

주간 근무 날. 나는 점심을 후다닥 먹고, 상황실에서 전화를 받고 있었다. 온유에게 전화가 왔다.

"아빠"

"왜?"

"아빠 방에 있는 나무 있잖아요? 그거 안 쓰는 거예요?"

"무슨 나무를 말하는 거지?"

"그거 있잖아요. 끈 달린 나무요."

"아. 그거 왜?"

"제가 걸어가다가 밟아서 부러졌어요."

"그래. 안 다쳤어?"

"오. 아까 엄마한테 전화했었는데 엄마랑 똑같은 대

답을 하네요."

아. 엄마랑 아빠랑 똑같은 대답을 했다니. 보통의 부모는 "야. 그걸 왜 부러뜨렸어. 조심 좀 하지"라고 대답했겠지. 온유가 생각했을 때 그런 대답을 들었어야 했는데 엄마, 아빠로부터 의외의 대답을 들어서 많이 당황했나보다. 그 나무는 중요한 게 아니라 엄마, 아빠는 "안 다쳤어"라는 대답을 했지. 아마도 비싼 것을 깨뜨렸다면 달랐겠지만….

우리는 14년 차 부부입니다

2020년 3월 17일 화요일

혜경스 퇴근시키러 가는 길. 나는 센스 있는 남편이기에 조수석의 시트를 '엉뜨'로 따스하게 데운 후 혜경스를 맞이했다. 집까지 오는 짧은 시간 동안 혜경스는 회사에 대해 이런저런 이야기를 했고, 나는 집중하며 묵묵히 들었다. (아내의 말을 집중하면서 듣는 내 모습이 멋있어 보인다.)

지하 주차장에 도착한 우리는 엘리베이터가 아닌 계단으로 4층까지 올라갔다. 계단을 걷는데 15년 전 연애의 기억이 떠올라 혜경스의 손을 덥석 잡았다. 그때는 혜경스의 손을 깍지로 꽉 잡았는데 오늘은 손을 포개어 잡았다. 혜경스의 손을 잡으니 갑자기 설렜으나 차마 뽀뽀까지는 할 수가 없었다.

결혼 14년 차. 신혼 초 우리는 정말 많이 싸우며 갈등했고, 서로가 틀리다고 생각했다. 지금 우리는 서로의 다름을 인정하면서 서로에 대해서 많이 배우고 있다. 가끔 티격태격하지만 그 가운데서도 서로의 따스함을 느끼곤 한다. (나만 느끼는 감정인가?) 인생을 약 80까지로 봤을 때, 우리가 함께할 날이 절반 정도 남았다. 우리 인생의 후반기는 어떨지 궁금하다. 우리가 서로에게 긍정적인 에너지를 나눈다면 우리 인생의 후반기는 진짜 모험이 가능하지 않을까? 내 꿈이 아닌 우리의 꿈을 위해서 우리는 오늘도 (얼마 전 안방으로 들여놓은) 큰 테이블 앞에 나란히 앉아 미래를 준비해본다.

"사랑은 서로 마주 보는 것이 아니라 둘이서 똑같은 방향을
내다보는 것이라고 인생은 우리에게 가르쳐 주었다."

— 생텍쥐페리

'엄뜨'를 켜주는 남편

2020년 3월 12일 목요일

화요일 야간 근무 때 날 밤을 새운 여파가 오늘까지 계속된다. 아침 7시 20분, 혜경스의 드라이기 소리에 잠이 깼다. 요즘 아침은 늘 불안감에 휩싸여 깨곤 한다. '잘살고 있는 건가? 이대로 주저앉으면 안 되는데? 내 인생 너무 아까운데?'

갑자기 어제 쌓아놓은 설거지가 생각났다. 양치를 하고, 부엌으로 갔다. 어제 김치부침개와 삼겹살을 구워서 기름기가 많은 그릇이 수북이 쌓여있다. 일단 뜨거운 물로 씻어내고, 수세미에 퐁퐁을 한가득 뿌려 뽀드득뽀드득 소리를 내며 설거지를 했다. 내 마음에 낀 기름기처럼 그릇이 깨끗하게 안 닦인다. 혜경스는 출근 준비를 끝내고, 도시락을 싸기 위해 부엌으로 왔다.

"아. 피곤해. 한숨도 못 잤더니 너무 힘들어"

"마흔 돼서 그래!"

굳이 마흔을 들먹일 필요가 있나. 야간 근무 때 한숨도 못자서 했던 말인데. 나는 기분이 팍 상했고, 헤경스를 상일동역까지 데려다주고 싶지 않았다. 소소하게 복수하고 싶었지만 이미 난 차 안이고, 내 옆에는 헤경스가 있다. 게다가 헤경스를 위해서 엉뜨까지 켜 놓았다. 이러지도 저러지도 못하는 아침이지만 나는 많은 일을 했구나. 설거지, 차량 운행, 아이들 아침 준비, 계란 장조림, 쫄면 사리 뜯기.

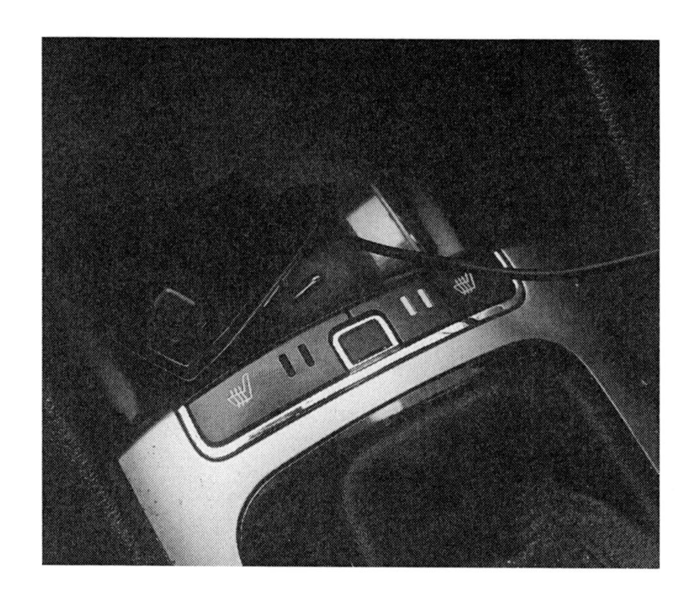

핀잔 듣는 남편

2019년 11월 3일 일요일

주일 아침이다. 온유는 시리얼로 아침을 먹었고, 안네 마리의 〈2002〉를 피아노로 연습하고 있다. 나와 쌍둥이들은 씻고, 시리얼을 먹은 후 감을 까먹고 있었다. 혜경스는 방에서 준비 중이다.

혜경스는 거실로 나와 냉장고 안에 있던 요플레를 꺼내 내게 오트밀을 불려 달라고 했다. 나는 말 잘 듣는 남편이니까, 요플레에 초코블랙베리를 넣고, 오트밀은 우유에 넣고 불렸다. 완벽한 아침 준비다.

교회 갈 준비를 마치고 거실로 나온 혜경스는 우유에 담긴 오트밀과 요플레를 보면서, 내게 핀잔을 준다. "자기가 언제 우유에 오트밀을 불려 달라고 했냐고? 자기는 요플레에 오트밀을 불려 달라고 했다"라고 말이다. 나는 억울했다. 나는 과거의 경험을 바탕으로 오트밀을 우유에 불렸을 뿐이다. 나는 섬세한 사람이기에 혜경스가 전에 먹었던 것을 알고 있었다. 네이버 사전에서 '불리다'는 '물체를 액체에 담그다'라는 뜻으로 나는 요플레가 액체라고 생각하지 않았기에 당연히 우유에 불렸다. 우유에 잘 불려서 뿌듯해하고 있었는데.

혜경스는 우유의 불린 오트밀과 블랙초코베리를 넣은 요플레를 섞어서 맛있게 먹었다. 나는 억울했지만 마음이 넓은 남편이니까 이해하는 것으로, 끝.

"아무리 맛없는 커피와 밥이라도
남이 차려주면 다 맛있다."
— 김종하

화이트데이 선물

2018 화이트데이 선물!

혜경스에게.

시집을 선물하다

2019년 9월 9일 월요일

오랜만에 혜경스와 점심을 함께 먹기 위해서 명동 가는 버스에 몸을 실었다. 혜경스가 서울 회현으로 출근을 한 후 단둘이서 점심을 먹어본 적이 없었다. 그리하여 전날 급하게 약속을 잡았다. 다행히 회사 앞에 회현까지 가는 광역버스가 있었고, 졸면서 편히 도착했다. 약속 시각보다 일찍 도착한 나는 명동성당 지하상가에 들어갔다. 들어가 보니 엄청 잘 꾸며놓았다. 깨끗하고, 업종도 다양하게 입점해 있었다. 나는 그림을 감상하고, 서점도 가고, 리사이클 매장도 구경했다. 전체적으로 예쁘고, 아기자기한 디자인이 눈에 들어왔다. 집에 가져가고 싶을 정도였다.

혜경스와 만나 백반을 먹고, 커피를 마셨다. 나는 아인슈페너를 마셨다. 커피 위에 생크림을 얹은 커피였다. 맛은 그저 그랬다. 카페에는 직장인들이 많이 왔다. 카페

분위기는 스피커에서 흘러나오는 흥겨운 노래 때문인지 경쾌했다. 특히 계산대에서 일하는 여자 직원의 미소가 잊혀 지지가 않았다. 나는 커피를 마시면서 그녀를 유심히 지켜봤는데 손님이 계산할 때마다 웃는 얼굴로 상냥하게 응대했다. 이 카페의 장사 비법인 듯. 친절하게 웃음으로 손님을 맞이하기. 나도 아이들 등·하교 때 친절히 웃음으로 맞이해야겠다는 생각이 드는 건 뭘까.

혜경스와 헤어진 후 혜화동으로 출발했다. '위트 앤 시니컬'이라는, 시집을 전문으로 파는 서점에 가기 위해서였다. 몇 달 전부터 방문하고 싶었지만 시간이 맞지 않았다. 서울 나온 김에 지하철 4호선을 타고, 혜화역에서 내려 혜화동 로터리 쪽으로 걸어갔다. 동양서림만 보였으나 서점에 들어가 보니 내부 계단을 타고 올라가야 했다.

1층과 2층 서점의 주인이 달랐고, 나는 2층 '위트 앤 시니컬'에 올라갔다. 나는 시를 잘 모르지만 이상하게 설렜다. 시집 주인은 앉아 있었고, 뭔가 분주해 보였다. 이 서점은 정말로 시집만 팔았다. 아이들 동화책 몇 권을 빼고는 모든 책이 시집이었다. 나는 주위를 둘러보았다. 우선 『점』이라는 동화책을 집어 들었다. (전부터 아이들에게 읽어주고 싶었던 동화책이었다.) 시집 주인에게 '40세, 워킹맘, 최근에 팀장이 되어서 바쁜 아내에게' 선물할 시집을 물어보았다. 주인은 시집 3권을 책장에서 뽑았다. 자신이 뽑은 시집 3권을 내게 건네면서 천천히 읽고, 고르라고 했다. 역시 주인이 시인이라 달랐다. 나는 의자에 앉아서 천천히 시집을 읽었다. 그중에 김용택 시인의 『울고 들어온 너에게』를 골랐다. 시가 어렵지 않았고, 내가 알고 있는 몇 안 되는 시인 중에 한 분이었다. 시집과 동화책을 계산 후 기쁜 마음으로 집으로 향했다. 누군가를 위해서 무엇인가를 사는 것은 참 즐겁고, 행복한 일이다.

다음 날 아침 출근하는 혜경스에게 시집을 선물로 주었다. 한 시간 뒤 내 휴대폰으로 김용택 시인의 「어느 날」이라는 시가 전송되어 있었다.

어느 날

김용택

나는
어느 날이라는 말이 좋다.

어느 날 나는 태어났고
어느 날 당신도 만났으니까.

그리고
오늘도 어느 날이니까.

나의 시는
어느 날의 일이고
어느 날에 썼다.

별이 된 써니가 생각나는 밤

2019년 6월 7일 금요일

가끔 내게 "아이가 몇 명이냐?"고 물어보는 분들이 있다. 나는 "세 명입니다"라고 쿨하게 대답한다. 내 대답을 들은 대부분 사람은 "성별이 어떻게 돼요?"라고 되묻는다. 나는 "아들만 셋인데요. 그것도 둘째와 셋째는 쌍둥인데요"라고 자랑스럽게 대답한다. 내 대답을 들은 대다수 사람은 마지막으로 이렇게 말한다.

"아빠 닮은 딸 하나 있었으면 정말 예뻤을 텐데!"

나도 잘 안다. 나를 닮은 딸이 있었으면 정말 예뻤을 거라는 걸. 사실 나에게도 딸이 있었다. 비록 세상의 빛을 보지 못하고, 하늘의 별이 되었지만 말이다.

벌써 12년 전 일이다. 결혼 후 1년이 지나서 아내가 임신을 했다. 아내는 내게 임신 소식을 전해주었으나 당시 나는 기쁜 표정을 짓지 못해서 여전히 미안해하고 있다. 아내와 함께 산부인과에서 임신을 확인했고, 나는 의사에게 이렇게 부탁했다.

"성별은 알려주지 마세요. 태어날 때 보고 싶네요."

사실 아들일까 딸일까 무척 궁금했지만, 태어날 때 확인하고 싶었다. 아내는 9개월 동안 써니를 잘 품고, 출산 1개월 전 출산 휴가에 들어갔다. 출산 전까지 모든 일이 순조로웠다. 하지만 생각지도 못한 사건이 벌어졌다. 아내의 출산 휴가 이틀이 지난 아침이었다. 그날은 7월에 장맛비가 쏟아졌다. 나는 아침에 출근을 했고, 아내는 동네 산부인과에 초음파 확인차 간다고 했다. 아침 9시가 조금 넘은 시간에 아내에게서 전화가 왔다. 아내는 울먹이는 목소리로 아무 말도 못 하고 있었다.

"써니가 심장이 안 뛴대."

순간 머리가 '띵'하며 앞이 캄캄해졌다. 어떻게 해야 하지? 그 말을 듣자마자 회사를 뛰쳐나와 택시를 잡으려고 했으나 양동이로 퍼붓듯 비가 쏟아져서 택시가 보이지 않았다. 택시 잡는 것을 포기하고, 근처 버스 정류장으로 달려가 버스에 올랐다. 그날따라 버스는 신호 위반도 하지 않고, 아주 천천히 달렸다. 짜증이 막 올라왔다. '평상시에는 신호 위반도 잘하면서 오늘따라 왜 이러는 거야' 마음속으로 짜증이 나는 사이 산부인과에 도착했고, 아내는 산부인과 1층 로비에 기대어 서 있었다. 우리는 이미 반쯤 정신이 나간 상태였다. 나는 아버지께 전화로 도움을 요청했고, 아내는 큰 병원에 입원하여 써니를 분만했다. 그것도 자연분만으로. 이미 써니는 별이 된 상태였다.

그렇게 첫 아이 써니를 하늘나라로 떠나보냈고, 그 친구를 가슴에 묻은 지 12년이 다 되어간다. 만약 써니가 함께 있었다면 초등학교 6학년에, 사춘기를 막 겪고, 남자 아이들에게 인기도 좀 있었겠지. 나를 닮아가 좀 시니컬했을 것 같기도 하다.

써니를 보낸 후 나와 아내는 다시 아이를 갖는 게 무서웠다. 다시 임신할 수 있을까? 만약에 써니처럼 별이 되면 어떡하지? 두려움이 밀려왔다. 아내는 써니에 대한 트라우마로 인해 매 순간을 힘겨워했다. 나도 아내만큼은 아니었지만, 하루하루가 힘들었다. 우리는 평소처럼 생활하려고 노력했고, 3개월 후 아내는 직장에 다시 돌아갔다. 아내는 직장에서 더 힘들었을 것이다. 아내의 소식을 못 들은 직원들이 아기에 관해서 물어볼 때마다 아내는 가슴이 시리도록 아팠을 것이다. 아내는 조용히 견디고, 견뎌냈다. 우리는 연애 때보다 더 많이 대화하고, 소소한 여행도 다니고, 책을 읽고 나누면서 힘겨운 시간을 이겨내고 있었다. 2년 동안 아이가 생기지 않아 걱정하던 어느 날 우리에게 다시 아이가 찾아왔다. 아내는 써니에 대한 트라우마를 이겨내고, 건강한 아들을 출산했다. 다시 2년 후 깜짝 놀랄만한 사건이 생겼다. 아내가 둘째를 임신했는데 일란성 쌍둥이였다. 하늘에 있는 써니가 보내준 선물처럼 느껴졌다.

지금 나는 목 메달이라고 불리는 아들 셋 아빠가 되었다. 목메달을 달아도 감사하고, 기쁠 따름이다. 누군가가 내게 "너 닮은 딸이 있었으면 참 예뻤을 텐데"라고 묻는 날에는 12년 전 가슴에 묻은 써니가 사무치게 보고 싶어진다. 오늘 밤도 써니 생각에 잠을 못 이룰 것 같다.

P. S 써니에게

하늘나라에서 잘 지내고 있는지 궁금하네. 사실은 네가 태어났을 때 너의 얼굴을 보지 못했어. 무서웠거든. 이미 넌 차가운 몸으로 이 세상 사람이 아니었기에 널 보는 게 정말 두렵고, 무서웠어. 지금 생각해보니 너의 얼굴을 보지 못한 게 너무 후회스럽네. 너에 대한 기억이 하나도 없으니 말이야. 미안하네. 혹시 꿈에서라도 너의 얼굴을 볼 수 있으면 좋겠다는 생각이 들어. 내 꿈에 한번 놀러 와 주렴. 그리고 너의 동생들 온유와 솔과 율이가 있어. 아주 까불이들이지. 네가 있었으면 4명이겠지. 차도 큰 거로 바꿨을 테고. 생각만 해도 웃기다. 하늘나라에서 우리 가족들 잘 지켜봐 줘. 그리고 그때 지켜주지 못해서 정말 미안해. 사랑해.

솔이가 아프다

2020년 2월 6일 목요일

나는 아침 6시에 일어나 수원으로 출근을 했고, 운전하는 내내 피곤했다. 나는 수원에 도착하여 9시에 근무를 시작했고, 12시에 급하게 점심을 먹고, 다시 신고 전화를 받았다. 혜경스에게 전화가 왔다.

"학교에서 전화가 왔어. 솔이가 고열이래. 집에 가거나 바로 병원에 가야 한데."

"그래. 알겠어. 내가 상황 봐서 소퇴할 수 있으면 할께"

다행히 나는 조퇴를 낼 수 있었고, 오후 1시에 수원에서 출발해서 2시에 집에 도착했다. 솔은 몸이 뜨거운 상태로 방 안 텐트에 이불을 덮고 누워있었고, 온유와 율은 거실에서 레고 놀이를 하고 있었다. 나는 바로 솔의 상태를 확인하고, 소아과에 데려갔다. 솔과 함께 지하 주차장으로 내려가는데 솔이가 계속 쳐진다. 온몸이 불덩이 같다. 가까운 소아과에 도착했다. 솔은 여전히 38.5도. 의사는 솔이가 고열이라 독감 검사를 권했다. 나 또한 의사의 말에 동의했다. 독감 키트가 솔의 코에 깊숙이 들어갔다. 솔은 잠시 '악' 소리를 질렀다. 이제 10분 후면 독감 여부를 알 수 있다.

우리는 밖에서 대기를 했고, 내 눈은 퀭해졌다. 10분이 지났다. 간호사가 솔의 이름을 불렀고, 우리는 진료실로 들어갔다. 의사는 우리에게 독감 키트를 보여줬다. 독감 키트 A, B, C 중에 C에만 줄이 가 있었다. 다행히 독감은 아니었다. 의사는 오늘은 괜찮지만 내일 안 좋아질 수도 있다며 솔의 상태를 잘 지켜보라고 했다. 다행이었다. 그래도 내일까지 솔의 상태를 지켜봐야 하니 나는 신경이 많이 쓰였다. 약국에서 약을 처방받는 동안에도 솔은 계속 쳐졌다. '최근에 이렇게 아픈 적이 없었는데…….' 우리는 차를 타고 집에 도착했고, 나는 호박죽을 데워서 솔에게 먹인 후 약을 먹였다. 다시 체온을 쟀는데 여전히 38.5도. 나는 솔의 방을 따스하게 해주고, 무드 등을 켜주었다. 무서울까 봐 노래도 틀어줬다.

잠시 후 방에 들어가니 솔은 곤히 잠들어 있었다. 곤히 잠든 솔의 얼굴을 보니 괜스레 미안한 마음이 생겼다. 맞벌이 부모의 자녀로 태어나서 방학에도 학교를 가야 하는데 아프기까지 하니 말이다. 솔에게 정말 미안했다. 내일 아침에 솔이가 다 나은 모습으로 잇몸을 드러내며 웃어주길 마음속으로 기도해본다.

P. S

솔이는 아프니까 자게 두고, 우리끼리 고기 구워 먹자고 하니 율이가 이렇게 대답한다.

"아니에요. 솔이 아프니까 솔이 나으면 고기 함께 먹어요."

역시 티격태격 싸워도 쌍둥이는 쌍둥이구나. 나보다 나은 율이 같으니.

Chapter 4.

불 끌래?
육아할래?

첫 아이 써니를 하늘로 보내고, 우리는 하루하루를 힘겹게 보냈다. 다시 아기를 갖는 게 무서웠고, 마지막 달의 트라우마를 이겨내는 게 힘들었다. 서로에게 표현하지 않았지만 표정으로 우리는 조금씩 지쳐가고 있었다.

햇살이 눈이 부시던 5월의 어느 날 하늘에서 우리에게 선물을 보냈다. 혜경스는 병원에서 임신을 확인했다. 의사는 혜경스의 사산한 경력을 알고 부정적인 말을 쏟아냈다고 했다. 우리는 사랑의 힘으로 써니의 아픔을 이겨냈다. 특히 마지막 달이 되었을 때 다시 안 좋은 일이 벌어질까 봐 긴장되고, 힘들었다. 감사하게도 혜경스는 첫아들 온유를 자연분만으로 출산했다. 갓 태어난 온유는 쭈글쭈글한 모습이어서 누굴 닮았는지 알 수가 없었다. 다행히 열 손가락, 열 발가락, 두 귀, 두 눈, 하나의 코와 입이 멀쩡하게 달려 있었다. 드디어 내게도 아이가 생겼다.

아이는 눈에 넣어도 아프지 않은 존재였다. 온유의 하나하나가 신기하고, 신비로웠다. 숨 쉬는 것, 재채기하는 것, 잠자는 것, 심지어 응가 하는 것까지 말이다. 아내는 일 년간 육아휴직을 하면서 온유를 돌봤다. 그동안의 아픔을 보상받는 느낌이었다.

온유가 3살이 될 때쯤, 동생들이 태어났다. 우리도 동생이 아닌 동생들이 태어날 것이라고는 꿈에도 상상을 못 했다. 만약 우리가 의술에 힘을 빌렸다면 어느 정도 쌍둥이를 예상했을 텐데 우리는 자연 임신이었다. 그것도 자연 쌍둥이. 우리는 병원에 가서 쌍둥이를 확인했다. 하늘에 있는 써니가 보내준 선물 같았다. 이왕이면 "딸-딸이거나 딸-아들 쌍둥이면 좋겠다"고 말하면서 집으로 돌아왔다. 우리는 다음 달 다시 병원에 갔다. 쌍둥이라서 그런지 성별을 바로 알려줬다. 의사 선생님이 초음파를 이리저리 보더니 하는 말, "아들만 두 명입니다" 기분이 묘했다. 병원을 나서는데 하늘이 노랗게 보였다. 기분이 좋은데 조금 그랬다. 아들 셋이라니!

결국 성별은 바뀌지 않았고, 혜경스는 자연 분만으로 쌍둥이를 출산했다. 3분 차이로 태어난 솔과 율. 태어날 때 500g이 차이가 났는데 9살이 된 지금도 500g이 차이 난다. 뇌 크기도 다른지 궁금하다. 쌍둥이들은 혜경스와 함께 외가댁에서 100일을 보냈고, 온유는 나와 함께 보냈다. 이때부터 진정한 육아가 시작되었다. 온유와 둘이 보내면서 느꼈던 것 중 하나는 아이에게는 엄마가 필요한 존재임을 알게 되었다. 아빠가 아무리 잘 해줘도 엄마의 자리는 채울 수가 없었다.

100일 지난 후 쌍둥이와 혜경스는 집으로 돌아왔다. 드디어 독수리 오형제가 완전체가 되었다. 작은 집이 시끌벅적했다. 혜경스는 2년 동안 육아휴직을 했다. 생각해 보면 참 힘든 시기였다. 온전히 아이들 그것도 남자아이들 셋을 돌본다는 게 말이다. 혜경스가 복직할 쯤 나는 육아휴직을 했다. 나는 육아휴직을 한 후, 며칠이 지나자 무지 후회했다. 그냥 회사에서 돈이나 벌 걸. 육아가 참 만만치가 않구나.

육아휴직 동안 나는 세 아들과 소소한 추억을 쌓았다. 시간 날 때마다 덕풍천을 산책하고, 돌다리를 걷고, 시립 도서관에서 코코아를 마시고, 자전거도 타고, 대중교통으로 광화문에도 놀러 갔다. 아빠로서 해 줄 수 있는 즐거움을 최대한 많이 선물해 주고 싶었다.

어느덧 온유는 11살, 쌍둥이는 9살이 되었다. 요즘은 어딜 가자고 하면 온유는 그냥 집에서 쉬겠다고 한다. 다행히 아직 솔과 율은 함께 한다. 아이들과 함께한 시간이 항상 즐거운 것은 아니었다. 가끔 나는 헐크로 변해서 아이들을 혼내기도 하고, 괴성을 지르기도 했다. 뒤돌아보면 불 끄는 것보다 더 어려운 게 아이들과 함께 하는 시간이었다. 그래도 좋았다.

가정의 웃음은 가장 아름다운 태양이다.

— 영국 작가 '새커리'

우리는 행복하기 때문에 웃는 것이 아니라

웃기 때문에 행복하다.

— 철학자 '윌리엄 제임스'

교대 근무자의 휴가

2020년 2월 27일 목요일

07:50 아내를 상일동역까지 차로 데려다주기

08:50 아이들과 자전거 산책 준비. 뜨거운 보온병, 컵라면 등 챙기기

11:30 조정경기장 자전거 2바퀴 돌고, 컵라면 먹고(라면 먹는 도중 잔디 소독한다고 먼 벤치로 쫓겨났다.) 입가심으로 게토레이 한 캔씩(조정경기장 자판기가 저렴하다.)

12:30 솔과 함께 뜨거운 욕조에서 10분 낮잠, EBS 책 읽어주는 라디오 '지킬앤하이드' 듣기, 드립커피 한 잔

13:30 플루트와 피아노 연습 <부산에 가면>

14:30 각자 자유 시간, 나는 김정운의 『가끔은 격하게 외로워야 한다』 독서(원하는 것이 구체적일 때 행복할 수 있다.), 솔은 홀로 텐트에서 총 놀이, 율은 거실에서 레고 놀이, 온유는 레고 커스텀 - 손홍민

15:00 저녁으로 홍합탕을 끓이기 위해 홍합 손질, 각자 늦은 셀프 점심

16:30 아이들과 영어 파닉스 듣기, 솔과 율은 시 필사

오늘의 시는 나태주 시인의 「그리움」(햇빛이 너무 좋아/혼자 왔다/혼자 돌아갑니다)

17:00 레고 무비 배트맨 시청/혜경스가 모자 사준다고 카톡 보냈는데, 사이즈가 없어서 못 삼

18:00 책을 읽으려다 스마트폰으로 딴짓

20:00 혜경스 퇴근 마중, 홍합탕 저녁 먹기

21:00 설거지, 내일 밥 예약, 과자 먹기, 솔과 율 자작시 낭송

22:00 헤이카카오- 스피커 부르면서 노래 신청하기. 각자 알아서 놀고, 책 읽고, 수다 떨다가 잠자기

아이들과 어찌어찌하다 보니 하루가 지나갔다. 시간 참 빠르다. 비록 읽고 싶은 책은 몇 장 읽지 못했으나 아이들과 함께 만든 추억을 몇 장 기록했으니 그것으로 만족한 하루. 내일도 모레도 아이들과 함께일 것이다.

멋진 게 있어요

2019년 10월 13일 일요일 밤

주간 근무 퇴근 후 도착한 집은 전쟁터다. 솔과 율은 장난감 때문에 울고불고 난리도 아니다. 결국 각자의 물건에 네임펜으로 이름을 적는 것으로 마무리가 되었으나, 갑자기 온유가 운다. 솔이가 온유 장난감에 대문짝만하게 그것도 네임펜으로 이름을 적었기 때문이었다. 아, 정말. 머리가 아프다. 나는 모자를 푹 눌러쓰고, 밖으로 나가 30분 정도 산책을 했다. 밤 9시 30분. 아이들은 방에 자러 들어갔고, 나와 혜경스는 각자의 책을 읽고 있다. 갑자기 노크 소리가 들린다. 온유가 상기된 얼굴로 문을 열고 들어온다.

"엄마, 아빠. 방에 와 보세요. 멋진 게 있어요. 사진도 찍어야 해요!"

도대체 무엇이기에 이렇게 상기되어 있을까? 우리는 흥분한 척하며 온유와 솔과 율의 방으로 쫓아갔다. 솔이가 대기하고 있다가 블라인드를 올렸다.

"짜잔!"

"뭐야?"

"저기 창문 너머로 보름달을 보세요!"

진짜 창문 너머로 보름달이 아이들 방을 비추고 있었다. 참. 감상적인 놈들일세! 아름다움을 아는 녀석들일세! 나도 산책하면서 핸드폰으로 보름달을 담긴 했는데. 부전자전인가? 우리가 방을 나간 후에도 아이들은 자기 방을 비춰주는 보름달을 보면서 한참을 떠들다가 잠이 들었겠지. 삼 형제의 추억이 서랍장에 하나 더 보관되는 순간이다.

보름달에게 1

이해인

너는

나만의 것은 아니면서

모든 이의 것

모든 이의 것이면서

나만의 것

만지면

물소리가 날 것 같은

너

세상엔 이렇듯

흠도 티도 없는 아름다움이 있음을

비로소 너를 보고 안다

달이여

내가 살아서

너를 보는 날들이

얼마만큼이나 될까?

비 오는 월요일

2019년 7월 15일 월요일

야간 근무 후 퇴근했다. 수원에서 양평으로 출장을 갔다 와서 비몽사몽한 상태다. 다행히 집 근처에서 내려줘서 오후 1시 30분쯤 집에 도착했다. 침대에 누워 살포시 눈을 감아보지만 잠은 안 오고, 눈만 멀뚱멀뚱. 이리 뒤척 저리 뒤척하다가 오후 4시가 되었다. 솔과 율이가 집에 도착할 시간이 30분이나 지났다. 나는 우산을 쓰고 학교로 향했다. 오랜만에 비를 맞으니 기분이 상쾌했다. (정신은 이미 안드로메다 행성에 있지만) 다행히 길이 엇갈리지 않아서 솔과 율을 만났다. 솔과 율의 담임선생님과도 인사를 했다.

솔의 선생님이 말씀하셨다.

"율이가 품위 있는 어린이 상을 받았어요. 2학기 때는 솔이도 받을 거예요~." 솔의 선생님을 3번 정도 만났는데 항상 긍정적으로 말씀해주신다. 정말 '쿨'하시다. 율의 선생님과도 인사를 나눴다. 생각해보니 나 학부형이구나.

우산 쓰고 집에 오는 길에 우리는 우산을 돌리면서 물 튀기 놀이를 했다. 그리고 텅 빈 놀이터 잠깐 들러 사진을 몇 장 찍었다. 다시 집으로 가는데 온유의 목소리가 들린다. 우산이 없었는데 친구 엄마가 빌려주었단다. 다행이다. 오랜만에 우산 쓰고 사진 한 컷! 비에 젖은 수국도 한 컷!

작년 신장초를 다닐 때는 아이들을 데리러 학교에 많이 갔다 왔다. 학교 끝나면 텅 빈 운동장에서 축구도 하고, 1, 2, 3, 4 게임도 하고, 달리기도 했다. 이곳으로 전학을 오고 나서는 딱히 할 게 없다. (학교에 축구 골대가 없다.) 처음에는 전학을 오지 않겠다고 버티던 아이들은 오후 4시면 집에다가 가방을 내팽개치고, 놀이터로 향한다. 딱지를 한 움큼씩 들고 간다. 요즘 딱지는 고무딱지이다. 가판(가짜 판)과 진판(진짜 판)을 하면서 딱지를 다 잃기도 하고, 딱지를 다 따오기도 한다. 딱지치기는 세대를 가리지 않는 놀이인가 보다.

아이들이 입학식 때 눈물을 보인 거 빼고는 이미 새로운 동네에 다 적응한 것 같다. 이제는 아이들에게 익숙한 동네 놀이터가 되었다. 『어른은 어떻게 돼?』를 쓴 박철

현 작가의 페이스북에서 이런 글을 읽었다.

"이제 아이들 육아를 넘어서 동행"

나도 이제 육아가 얼마 남지 않았구나. 아이들을 키우면서 부쩍 나의 내면이 자란 느낌이다. 아이들에게 미안해하면서도 내 안의 약함과 악함을 보면서 반성하고, 혼자 힘들어한다. 아이들을 키우면서 많은 감정이 교차한다. 그래서 더 힘든 것 같다. 이렇듯 아이들로 인해 나는 자라고 있다. (오늘 아침 솔과 율에게 잔소리를 하면서 등교시켰다는 것은 비밀이다.)

큰아들 온유랑 자전거 데이트

2020년 1월 30일 목요일

오늘은 야간 출근 날이다. 늘 반복되는 일상이다. 나는 아침에 늦잠을 자고 싶었지만 혜경스를 역까지 데려다주고, 아이들의 아침을 챙겨주었다. 솔과 율은 돌봄 교실에 갔고, 나와 온유만 집에 남았다.

우선 라디오 주파수를 93.1에 맞춰 클래식을 들었다. 나는 어제 아이들이 먹은 (기름이 가득 묻은) 닭튀김 그릇을 뜨거운 물로 설거지를 하고, 온유는 혼자서 레고 놀이를 하고 있다. 설거지를 다 마친 나는 온유 앞에 앉았다. 우리는 레고에 대해서 이야기를 좀 나눴다.

나는 온유에게 조정경기장으로 자전거를 타러 가자고 했다. 온유는 옷을 주섬주섬 입는다. 옷을 다 입은 우리는 〈가디언즈 오브 갤럭시 2〉의 첫 장면에 그루터가 춤을 추면서 나오는 노래 〈Mr. blue sky〉에 맞춰서 춤을 좀 췄다. 우리 둘 다 막춤이지만, 재밌다.

우리는 자전거를 타고 조정경기장으로 출발했다. 약간의 미세먼지가 보이지만 햇살이 좋다. 나는 검은색 모자를 쓰고, 온유는 노란색 모자를 썼다. 서로 깔 맞춤이다. 우리는 조정경기장을 두 바퀴 반을 돌았다. 한 바퀴에 5km니까 우리는 약 12.5km 돌았다. 오랜만에 자전거를 타니 허벅지가 터질 것 같다. 땀이 나서 좋다. 나는 잠깐 온유와 자전거를 바꿔 탔다. 이제 온유는 어른 자전거도 잘 탄다. 김온유, 많이 컸구나.

우리는 자판기에서 시원한 음료수를 하나씩 뽑고, 햇살 잘 드는 벤치에 앉아서 마셨다. 이런저런 이야기를 나눴다. 저 멀리 군인들이 낙하산 훈련 중이어서 낙하산 이야기도 좀 하고, 레고 이야기도 했다. 나는 온유에게 '혼자 집에서도 잘 지내고, 동생들도 잘 챙겨줘서 고맙다'고 말했다.

햇살 좋은 1월의 끝자락에 온유와 함께 자전거 데이트를 하니 좋았다. 내가 아이들에게 해 줄 수 있는 게 함께 시간 보내주는 것밖에 없으니 이것만이라도 최선을 다하자.

방학에도 등원 중

2020년 1월 10일 금요일

아이들의 겨울방학이 시작되었다. 3학년 온유는 돌봄이 없기에 집에 있는 시간이 많아졌다. 학원을 안 다니기에 집에서 뭘 하면서 지낼지는 잘 모르겠다. (혼자서도 잘하는 아이지만) 1학년 솔과 율은 돌봄 교실이 있다. 평상시와 똑같이 오전 9시에 등교해서 오후 4시쯤 하교한다. 안타깝다. 방학에는 놀아야 제맛인데, 제대로 놀 수가 없다. 돌봄 교실에 3번 이상 결석을 하면 다음 학기 돌봄 교실에 신청할 수가 없어서 결석도 어렵다. 내가 쉬는 날은 돌봄 교실 결석하고 함께 있어도 되는데.

오늘 아침에 율이가 돌봄 교실에 대해서 불만을 제기했다. 자기도 돌봄 교실 안 가고, 온유 형처럼 집에서 놀고 싶다고. 자전거 타고 할머니댁에도 가고, 도서관에도 가고 싶다고 말이다. 나도 너희의 마음을 모르는 바는 아니지만 엄마, 아빠가 맞벌이니까 어쩔 수 없지 않냐고. 그러면 앞으로 너희 돌봄 교실도 방과 후 교실도 하지 말고, 너희끼리 집에 있고, 밥도 해 먹고 알아서 하라고 말했다. 나도 모르게 기분 나쁘게 말했다. 안다. 나도 안다고. 방학에는 실컷 놀고, 실컷 먹고, 실컷 늦잠을 자야 하는데. 어떡하니. 엄마, 아빠 좀 이해해주면 안 되겠니?

이럴 때마다 아이들에게 미안하면서, 내 능력이 없음을 생각하게 된다. 내가 좀 더 벌면 아내가 일을 하지 않아도 될 텐데. 늘 이런 결론이 나 버린다. 무능력함. (요즘 맞벌이가 트렌드이고, 여자들도 일하기를 원하지만, 그렇지 않은 여성분들도 있기에) 서로 기분이 상한 아침이었지만 나는 솔과 율의 손을 꼭 잡고 학교 정문까지 함께 갔다. 마주 잡은 손의 전기를 팍팍 주면서, 헤어질 때는 손을 크게 흔들어 주었다. 율이가 불만을 말해서 그런지 오늘따라 율의 뒷모습이 유난히 쓸쓸해 보이는구나. 내 마음도 함께 쓸쓸해지는 건 뭘까.

삼각 김밥

2019년 10월 25일 금요일

주간 근무 날! 쌍둥이 체험학습 가는 날! 새벽 5시 30분 기상하여 후딱 씻고, 삼각 김밥을 준비한다, 나는 아침 6시 40분 출근이다. 솔! 율! 체험학습 재미있게 다녀와! 안녕!

아들을 잘 키워야 해

2019년 3월 21일 목요일 아침 7시경!

야간근무 다음 날 아침이다. 구내식당에서 아침을 먹고 있는데 온유에게 문자가 왔다. 참고로 온유는 핸드폰이 없다. 2주 전 집 전화용으로 폴더폰을 구해왔다. 그 폴더폰으로 나한테 문자나 전화를 한다. 물론 온유의 친한 친구 번호도 저장되어 있다.

"아빠, 어젯밤에 신고 많이 들어왔어요? 혹시 그랬으면 파이팅! 이따 봐요! 사랑해요!"

보통 딸이 이런 문자를 보내는지는 모르겠지만, 초등학교 3학년 아들로부터 받으니까 기분이 묘하다. 왠지 남자로부터 사랑 고백을 받은 기분이다. 나를 생각해주는 자녀가 있는 것만으로도 고마울 따름이다. 바로 온유에게 답장을 해주었다.

"응! 고마워! 오늘 좋은 하루 돼!"

금요일 아침 지인과 통화하다가 이런 말을 들었다.
(지인은 딸만 셋이다.)

"아들을 잘 키워야 해!"

맞는 말이다. 부모가 건강해야 아이들도 건강하게 잘 키울 수 있다. 나는 부모가 되고 나서 나 스스로 통제하고, 절제하는 것들이 많아졌다. 나름대로 건강한 부모가 되기 위해서 노력 중이다. 햇살 좋은 아침, 내 마음속에 질문을 하나 던져 본다.

'나는 건강한 부모일까?'

원두는 철분과 함께

2019년 9월 20일 금요일

얼마 전 크게 마음을 먹고 수동 원두 핸드밀 그라인더를 샀다. 전에는 믹서로 갈았는데, 원두가 곱게 안 갈아졌다. 그래서 구입했다. 이 친구를 사는 순간부터 기분이 좋았다. 이 친구와 함께 커피 포터와 서버도 샀다. 원두를 가는 일은 아이들의 몫이다. 나는 아이들에게 부탁을 하면서 '커피야 맛있어라. 커피야, 맛있어라'라고 주문을 외워 달라고 했다. 막 드립임에도 불구하고, 이렇게 곱게 갈린 커피는 향과 맛이 좋다.

하지만 생각지도 못한 사건이 발생했다. 나는 편두통이 심해서 방에서 쉬고 있었다. 거실에서 혜경스가 솔과 율을 혼내는 소리가 들렸다. 나는 잠결에 나와서 상황을 파악하고, 다시 들어가서 잤다. 다음 날 조금 늦게 일어났다. 아이들과 혜경스는 이미 각자의 삶의 터전으로.

아무 생각 없던 나는 그라인더에 원두를 넣고, 커피

를 갈았다. 어라. 그라인더가 이상하다. 안 갈린다. 끈적거린다. 뭐지. 분해를 했다. 에고. 뭔가가 끈적거리고, 덩어리져 있다. 바로 혜경스한테 카톡으로 물었다. 답신을 받고 나는 좌절하고 말았다. 어제 솔과 율이 그라인더에 우유와 초코 시리얼을 넣고, 아주 곱게 갈았단다. 그래서 혼났구나.

나는 그라인더 청소를 했다. 우선 분해 후 물로 깨끗이 씻었다. 그라인더에 물이 묻어서 녹이 조금씩 생겼다. 솔로 닦았지만 소용이 없다. '어쩌지? 또 사야 하나?' 고민스럽다. 내 소소한 기쁨이었는데.

그날 저녁에 율이가 "아빠, 죄송해요"라고 말한다. 나는 율에게 이렇게 대답했다.

"괜찮아. 아빠의 건강을 위해서 철분과 함께 커피를 마시기로 했어, 고마워!"

결국 나는 그라인더에 묻은 녹(철분)과 함께 원두를 갈기로 마음먹었다. 왠지 전보다 더 건강해지는 기분이다.

우리 가족은 모두 요리사

2019년 10월 7일 월요일

늘 야간 근무가 끝나면 몸이 천근만근이고, 바로 잠도 오지 않는다. 제대로 충전되지 않은 상태에서 저녁에 아이들과 혜경스를 맞이한다. 박카스로 피로를 풀어보지만 소용없다.

잠깐 누워있는데, 저녁 메뉴가 떠오른다. '나는 주부인가? 왜 이런 건가?' 저녁은 부침개와 볶음밥이다. 아이들에게 저녁 메뉴를 말해주었더니, 서로 요리를 하겠다고 한다. 사실은 안 도와주는 게 도와주는 것인데. 부추를 잘라서 부침가루와 물에 풀었다. 중간에 혜경스를 데리러 나갔다가 다시 저녁 준비 모드.

아이들이 부엌으로 모여든다. 짜파게티를 끓이는 것도 아닌데 서로 요리사를 한단다. 그리하여 1인 1칼 1도마 1소시지를 배분 후 잘 잘라오라고 했다. 혜경스는 아욱국을 끓이고, 나는 야채를 볶고, 아이들이 자른 소시지와 함께 볶음밥을 만들었다. 마지막으로 부추부침개를 맛나게 부쳤다. (부침가루를 아끼려다 바삭하게 굽지 못 했다. 아직까지 요리 고수의 길은 멀고도 멀구나.)

우리 모두는 한 상에 둘러앉아서 맛있는 볶음밥과 부침개를 먹었다. 진짜 먹는 것은 순식간이다. 요리는 참 즐겁다. 그런데 설거지는 싫구나. 게다가 기름이 묻은 그릇은 더더욱 싫다.

솔이가 밥을 먹다가 이렇게 말한다.

"아빠, 매월 7일은 부침개 만들어 먹는 날로 정해요."

이렇게 말하는 모습을 보면 나랑 비슷하다는 생각이 든다. 뭘 할 때 계획하려고 하는 것. 웃기다. 자식은 부모를 닮긴 하나 보다.

"나는 행복했고, 그 사실을 알고 있었다. 행복을 체험하면서 그것을 의식하기란 쉽지 않다. 행복한 순간이 과거로 지나가고, 되돌아보면서 우리는 갑자기 (이따금 놀라면서) 그 순간이 얼마나 행복했던가를 깨닫는 것이다."

— 카잔차키스의 『그리스인 조르바』 중에서

우리 집은 아직도 아날로그

2020년 2월 10일 월요일

직원들과 식당에서 아침 식사를 하다가 영화 이야기가 나왔다. 다들 IPTV로 영화를 본다고 했고, 나는 도서관에서 DVD를 빌려서 본다고 말했다. 순간 모든 직원이 동시에 나를 쳐다보면서 말한다.

"아직도 DVD플레이어가 있어? DVD를 도서관에서 빌려줘?"

"당연하지. 도서관에 가면 DVD도 볼 수 있고, 빌려 볼 수도 있지."

우리의 대화는 더 이상 진행되지 않았다. 우리 집에는 TV가 없다. (TV는 일주일 한 번, 토요일 두 시간만 시청한다.) 그리고 아이들은 핸드폰이 없다. 집 전화용으로 폴더폰이 하나 있을 뿐이다.

11살 온유는 도서관에 가서 DVD를 빌려온다. 온유는 DVD를 빌려오면서 항상 아쉬워한다. 온유가 보고 싶은 어벤져스 DVD를 빌리고 싶은데 '12세 이상 관람가'라서 빌릴 수가 없단다. 한번은 도서관 사서가 엄마 이름으로 12세 영화 DVD를 빌려줘서 상기된 얼굴로 집에 온 적이 있었다.

TV가 없는 우리 집은 라디오를 항상 켜 놓는다. 온유는 아침 7시에 일어나서 제일 먼저 라디오 주파수를 맞춘다. 아침 7시부터 9시까지는 KBS 박은영의 'FM대행진', 9시부터 10시까지는 이현우의 '음악앨범', 10시부터 11시까지는 EBS 백성문의 '오천만의 변호인'을 청취한다. 12시부터 오후 2시까지는 EBS 윤고은의 '북 카페', 오후 2시부터 4시까지는 SBS '컬투 쇼', 오후 4시부터 6시까지는 SBS '붐붐 파워'를 듣는다.

방학인 관계로 온종일 집에 있는 온유는 위 시간대별로 라디오 주파수를 맞춰서 듣는다. 요즘 온유가 가장 좋아하는 라디오는 EBS 윤고은의 '북 카페'와 백성문의 '오천만의 변호인'이다. 나도 저녁 시간에 재방송으로 함께 듣기도 하는데 재밌다. 북 카페에서는 일주일 동안 한 권의 책을 성우들이 읽어준다. 재밌고, 실감 나게 읽어줘서 이야기에 빠져들게 된다. 최근에는 조지 오웰의 『1984』를 읽어줬는데 내가 직접 책을 읽는 것 같았다. 그리고 '오천만의 변호인'은 전에 몰랐던 법률 지식을 배운다.

덩달아 쌍둥이들도 라디오를 즐겨 듣게 되었다. 거의 모든 광고는 외우는 듯싶다.

"공무원 시험은 에듀윌", "유유제약이죠"

TV 없이 라디오만 듣는 아이들은 재미가 없을 것이다. 엄마, 아빠가 원망스럽겠지. IT 기기 사용을 최대한 늦추는 것이 이 친구들의 창의적인 활동을 도와주는 유일한 방법이기에 최대한 이 방법을 지키려고 한다.

오늘도 우리는 아날로그하러 도서관에 간다. 아이들의 에코백에는 빌린 DVD와 책 그리고 자판기에서 뽑아 마신 코코아 향이 가득할 것이다.

초록우산 명예의 전당 헌액식

2019년 11월 21일 목요일

어제는 초록우산 어린이 재단에 30년 이상 후원자 명예의 전당 헌액식에 참석했다. 나는 왜 참석했는가? 지금 39살밖에 안 됐는데 말이다. 9살 때부터 후원을 했던 건가? 그것은 아니다. 지금부터 그 비하인드 스토리를 공개한다.

나는 2006년에 초록우산 어린이 재단에 후원하기 시작했다. 자의로 한 것은 아니고, 돌아가신 아버지의 후원번호를 받아서 시작했다. 2006년에 아버지는 정년퇴직을 했고, 나는 입사를 했다. 그때는 아무 생각 없이 아버지의 후원 번호를 받아서 계속 후원했다. 큰 의미를 두지 않았다. 아버지가 언제부터 후원을 시작했는지 몰랐고, 물어보지도 않았다. 어렸을 때 어린이 재단에서 온 우편물이 뜯어서 읽었던 기억은 난다. 어린이 재단은 아이들을 도와주는 곳 정도로만 알고 있었다. 그때는 지로 용지로 후

원금 냈고, 아빠는 초록우산 어린이 재단을 통해서 어려운 아이를 돕는 좋은 사람이었다.

한 달 전에 어린이 재단에서 문자가 왔다. 30년 후원자로 초록우산 명예의 전당 헌액식에 참석 가능 여부를 묻는 문자였다. '뭐지. 내가 왜 30년이지?' 담당 복지사에게 전화해서 문의를 했더니 아버지가 1989년부터 2006년까지 16년을 했고, 내가 2006년부터 2019년(현재)까지 14년을 해서 합이 30년이란다. 중요한 것은 아버지의 후원번호를 내가 받아서 계속 후원을 했기에 30년이 되었단다. '나는 내가 참석해도 되나?' 한참 고민을 하다가 참석하기로 결정했다.

어린이 재단에서 아버지와 함께 찍은 사진을 보내 달라고 했다. 앨범과 컴퓨터를 찾아봤지만 아버지와 함께 찍은 사진이 없었다. 나는 스무 살 넘어서 아버지와 함께 찍은 사진 거의 없었고, 아버지는 10년 전에 돌아가셨다. 주변을 찾고, 찾고, 찾아보니, 본가의 싱크대에 걸린 액자가 생각났다. 14년 전 아버지의 퇴직 전에 나와 함께 찍은 유일한 사진. 싱크대에서 액자를 잘 떼어서 액자 속 사진을 찍었다. 아버지가 14년 전 싱크대에 붙여놓은 액자였는데 얼마나 꼼꼼히 붙여 놓았는지 잘 안 떼어졌다. 나랑 다르게 아버지는 참 꼼꼼한 분이었다.

그다음에는 축하 동영상을 보내야 했다. 아이들을 살살 꼬셨다. 처음에는 율만 한다고 했는데, 다시 꽤서 솔도 동참했고, 마지막으로 온유도 함께 촬영했다. 멘트는 내가 만들었고, 한 구절씩 읽었다. 다섯 번의 촬영 끝에 성공했다. 사진과 동영상을 보냈으니, 이제 행사만 잘 참석하면 된다. 담당 복지사에게 문자가 왔고, 행사 당일 '소감을 발표할 수 있겠냐?'고 물었다. 나는 '부탁하면 거절하지 않습니다'라고 답장을 했다.

드디어 행사 참석하는 날이다. 오후 3시 30분. 아이들은 조퇴를 했고, 어머니와 함께 서울 어린이 재단 본부로 출발했다. 혜경스는 행사장에서 기다리기로 했다. 행사장 입구를 제대로 못 찾아 주변을 두 번 정도 돌고 돌아 도착했다. 왠지 연예인이 된 기분이다. 입구에서 가족사진을 찍어줬고, 담당 복지사는 우리 가족을 잘 챙겨줬다. 2층 역사자료관으로 올라가 자료실을 관람하다가 헌액자 명단에 내 이름을 발견했고, 아버지와 함께 찍은 사진이 디지털 액자로 보여줬다. 어색했지만 신기했고, 기분은 좋았다.

다시 행사장으로 이동했다. 나는 '김종하'라는 이름이

붙여진 앞자리에 앉았다. 주변을 둘러보니 내가 제일 어렸다. 괜히 민망했다. 앞자리에는 최불암 선생님이 앉아 있었다. 연예인을 보다니. 벌써 여든한 살이시란다. TV 속 〈수사반장〉과 〈전원일기〉에서만 봤던 연예인을 직접 보다니 실감이 나지 않았다. 행사가 시작됐고, 후원자를 한 명씩 소개했다. 내 이름을 불러서 인사를 하는데, 왠지 어색하고, 민망하다. 다들 60세 이상 넘으신 분들이시다.

최불암 선생님이 내게 "20대인 줄 알았어" 라며 말을 거셨다.

축하 영상을 보는 시간이다. 온유와 솔과 율의 축하 영상이 나왔다. 아이들은 수줍은 듯 자기네가 나온 영상에서 눈을 못 뗀다. 이어서 나는 30년 헌액 증서를 받고, 최불암 선생님이랑 사진도 찍었다. 선생님이 내 옷의 보풀을 정리해줬다. 정말 푸근하고, 좋으신 분이다.

이제는 소감을 나누는 시간이다. 시간 관계상 3명만 소감을 나누는데, 내가 포함됐다. 전날 무슨 말을 할지 메모장에 적었다. 사회자가 '최연소 헌액자'라고 말하면서, 내 이름을 불렀다. 나는 마이크를 전해 받고, 무대 가운데에 섰다. 그리고 이렇게 소감을 말했다.

여기 계신 후원자분들을 뵈니

왠지 제가 날로 먹는 것 같은데요.

TV 속 〈전원일기〉와 〈수사반장〉에서 뵙던

최불암 선생님도 뵙고, 영광이네요.

89년에 시작하여 아버지가 16년, 제가 14년 합이 30년.

아버지가 십 년 전에 돌아가셨는데,

지금 생각해보니 제게 주신 아버지의 선물 중에

가장 큰 선물이 어린이재단에 후원을 한 일 것 같네요.

그때는 몰랐으나 지금 생각하니 30년이라니.

대를 이어서 제 인생의 잊지 못할 소중한 추억이네요.

아들만 셋인데 이 친구들이 이어서 후원한다면 100년도 문제없을 것 같네요.

이 자리를 빌려 하늘에 계신 아버지께 감사하단 말씀 전하고 싶습니다. 감사합니다!

— 김종하 소감

앞에 서면 사람들에게 웃음을 줘야 한다는 강박감이 있어서 조금 웃겼지만 진정성 있게 하려고 노력했다. 마지막 멘트 중 '아이들이 이어서 후원을 한다면 100년도 문제없겠죠' 하니 우레와 같은 박수가 나왔다. 단체 사진을 끝으로 모든 행사가 끝났다. 맛있는 저녁도 포함되었다.

지난달까지만 해도 어린이 재단 후원에 큰 의미를 두지 않았다. 이런 큰 행사를 참석하니 후원에 대한 마음가짐이 달라진다. 조금 더 적극적으로, 최선을 다해서 후원하고, 이런 행사에 꼭 참석해야겠다는 마음이 생겼다.

아이들에게 아빠와 할아버지가 '이런 사람'임을 보여주는 좋은 시간이었다. 이 친구들이 무엇을 느꼈는지 나는 잘 모르겠다. 그래도 이 행사에 참석하고 나서 무엇인가 느끼지 않았을까?

성 역할의 고정

2019년 6월 26일 수요일

솔과 율의 여사친(여자사람친구)이 집에 놀러 왔다. 이 친구는 완전히 야생이다. 나는 이 친구를 처음 봤는데 전에도 두 번 놀러왔단다. 이 친구의 행동이 상당히 나를 불편하게 만든다. 자기 집인 듯 소파 등받이에 올라가서 눕고, 솔과 율의 방에 막 들어가고, 솔의 공책을 막 찢고, 심지어 물건도 자기 마음대로 만진다. 말투도 상당히 당황스럽다. 친구네 집에 와서 자기 집인 듯 너무 편하게 있는 게 부담스럽고, 불편하다. 나는 율에게 "빨리 친구 데리고 밖에 나가서 놀아"라고 말했다. 이 친구는 밖에 나가면서 "이따가 또 올게요"라면서 나갔다. 요즘 아이들의 친구들을 만나면서 성 역할에 대한 고민을 많이 하게 된다. '내가 남성과 여성의 성 역할에 고정되어 있나? 역시 난 개방적인 사람이 아니구나?' 별의별 생각이 다 든다. 아이들의 친구들을 보면서 내 마음이 불편하다는 것은 아직도 가야 할 길이 많이 남았다는 것. 깨어나라!

여사친 vs 여친

2019년 6월 2일 일요일

나는 어제 천안 결혼식에 참석했고, 오늘 집에 도착했다. 집에 들어가기 전 혜경스와 단지를 산책했다. 놀이터 쪽으로 걸어가는데 온유가 있었고, 어느 여사친과 함께 뺑뺑이를 타고 있었다. 잠시 인사를 하고 집으로 돌아가는데, 율이가 자전거를 타고 돌아다닌다. 이제 아이들에게 이곳은 '자기 동네'가 확실하게 된 것 같다.

잠시 후 온유가 들어왔다. 나는 혜경스와 함께 천안 호두과자를 먹고 있었다. 온유도 호두과자 먹는 데 동참했고, 우리는 소파에 앉아서 온유의 여사친에 대해서 이야기를 나눴다. 나는 너무 피곤해서 방으로 들어가 침대에 누웠다. 온유가 좇아 들어왔다.

"김온유, 남자 대 남자로 이야기 한번 할까?"

"네! 진실 게임이요. (거실 소파에 앉아있는 엄마를 향해) 엄마, 아빠랑 남자 대 남자 이야기를 할 거니까 문 닫아요."

"여사친과 여친의 차이가 뭐냐?"

"여사친은 그냥 친구이고, 여친은 뭔가 특별함이 있어요."

"그렇구나. 남자는 여자를 잘 보호해줘야 한다."

"네." (10cm의 〈봄이 좋냐?〉를 계속 흥얼거린다.)

여전히 잘 모르겠다. 2019년을 사는 10살 남자아이의 마음과 심리 상태. 내가 경험했던 1991년의 10살과는 달라도 아주 다를 테니 비교할 수 없을 것이다. 결국 아이에 대해서 끊임없이 공부하고, 믿어주는 수밖에 없다. 아이와 대화를 하지만 아이에게 어떻게, 뭘 설명해야 할지 고민스러워진다. 단지 아빠로서 아이들이 세상에서 지혜롭게 살았으면 좋겠다. 나는 그 길잡이 정도만 되고 싶을 뿐이다.

세월호가 생각나서 광화문에 가다

2019년 4월 15일 월요일

사실 전에는 세월호에 대해서 깊게 생각했던 적이 없었다. 그저 안타까운 사건의 하나로만 생각했다. 요즘 인문학 공부를 하면서 세월호 사건이 새롭게 다가온다.

4·16 세월호 5주년의 하루 전날이다. 집에서 뒹굴거리다가 광화문에 가고 싶어졌다. 왜 갑자기 광화문에 가고 싶어졌는지 모르겠다. 세 아이와 함께 가고 싶었다. 아이들에게 세월호에 대해서 이야기한 적이 있고, 광화문 광장에서 세월호 분향소에서 들른 적이 있었지만 다시 함께 가고 싶었다. 나는 부랴부랴 삼각 김밥과 간식을 준비하고, 아이들이 오기만을 기다리고 있었다. 하지만 온유는 친구와 함께 축구를 한다면 나가버렸다. 나는 솔과 율이랑 함께 광화문으로 출발했다. 오후 5시가 넘어서 갈까 말까 조금 고민됐지만 '마음먹었으니 가야지'라는 마음으로

버스에 올랐다. 상일동역에 내려서 5호선을 타고 광화문으로 출발. 지하철에서 아이들과 제로와 가위바위보 게임을 하면서 갔다.

우리는 광화문에 도착했고, 광장에서는 가톨릭에서 미사를 진행하고 있었다. 많은 신부님과 수녀님이 오셔서 시민들과 함께 미사를 드렸다. 사람들이 많아서 우리는 미사만 잠시 보고 청계천으로 향했다. 청계천에 앉아 '수제 햄 삼각 김밥'과 사과를 먹었다. 아이들이 맛있단다. 청계천에 앉아서 이런저런 이야기를 하는데 솔이가 춤을 춘다. 참, 흥이 많은 아이다. 세월호에 대해서 이야기를 해주었다. 우린 세월호 선장 같은 사람은 되지 말자고. 최대한 자기가 맡은 일에 책임을 질 수 있는 사람이 되자고. 초등학생이 이해했을지는 모르겠지만 계속 이야기해줬다.

청계천 산책을 마치고, 교보문고에 들렀다. 저녁 8시가 넘어서 그런지 사람들은 별로 없었다. 솔과 율은 책 검색대에서 컴퓨터 게임을 하는 것처럼 키보드 이것저것을 눌러 본다. 나는 아이들에게 책을 골라서 읽어주었다. 솔이가 '포켓몬스터' 책을 가지고 왔는데 생각보다 재미있었다. 포켓몬의 첫 이야기를 알게 되니 다음 내용도 궁금해졌다. 아울러 일본 사람들의 상상력에 다시 한번 놀라움을 표할 뿐이다.

이제 집에 가야 할 시간이다. 아이들에게 버스와 지하철 중 어떤 걸 탈지 물으니 더 빨리 갈 수 있는 지하철을 선택했다. 우리는 고덕역에 무사히 도착했고, 버스로 환승을 했다. 집으로 가는 노선이 아닌지라 중간에 내려서 약 1.5km를 걸었다. 횡단보도를 건널 때는 '하얀색 페인트 밟기' 게임을 하고, 인도를 걸을 때는 달리기 시합을 하면서 오니 금방 집에 도착했다. 이렇게 우리의 광화문 여행은 마무리가 되었다.

오늘 광화문 여행을 통해서 솔과 율이 딱 하나만 기억했으면 좋겠다.

"자기 일에 책임을 질 수 있는 사람이 되자."

털려버린 돼랑이

2019년 11월 24일 일요일

오늘은 교회를 포기했다. 내 몸은 밤샘 근무로 인해 녹초가 되었다. 눈은 이미 초점을 잃었다. 카풀 하는 선배(현기 형)의 차를 타고 무사히 집에 도착했다. 아무도 없다. 좋다. 자야겠다. 침대에 누웠지만 잠이 오지 않는다. 이런 된장, 쌈장, 고추장 같으니. 간신히 1시간 정도 잠을 자긴 했으나 여전히 헤롱헤롱 하다.

현관문 여는 소리가 들린다. 아이들과 혜경스가 교회를 갔다가 왔나보다. 나는 자는 척을 했다. 이미 잠은 포기했고, 잠시 누웠다가 일어났다. 배도 고팠다. 온유에게 부탁해서 시리얼을 먹었다. 혜경스가 갑자기 가구 배치를 하자고 제안했다. 나는 비몽사몽이지만 버텼다. 혜경스에게 잘 보여야 맛있는 저녁이 나오기에. 존버 정신으로 소파와 테이블을 옮겼다. 힘이여, 솟아라.

우리는 정리를 하다가 파랑색 돼지저금통을 발견했

다. 이 돼랑이는 가족 회식을 위하여 작년부터 동전을 모으기 시작한 돼랑이다. 그런데 돼랑이가 가볍고, 등 부위가 넓게 벌려져 있다. 뭐지? 돼랑이를 들고 거실로 나왔다. 솔과 율을 호출했다. 그리고 추궁했다. 원래 피의자는 무죄 추정의 원칙으로 조사를 해야 하나 왠지 범인은 솔과 율일 것 같았다. "누가 돼랑이의 등을 땄냐?"라고 물으니 둘 다 입을 다물고 있다. 좀 더 강하게 추궁했다. 드디어 자백을 받아냈다. 범인은 율이었고, 공범은 솔이었다.

나는 착한 아빠니까 혼내는 것은 혜경스의 몫이다. 쌍둥이들은 무지 혼나고, 방에 들어가서 그동안 돼랑이에서 빼간 돈을 적으라고 했다. 꽤 많았다. 돼랑이가 엄청 가벼워졌다. 도대체 얼마를 빼다가 쓴 건지 모르겠다. 왜 돈을 가져갔냐고 물으니, 자기네가 저금한 돈을 가져간 거라고 말한다. 그런데 그보다는 더 가져간 것 같다. 솔과 율에게 공동의 것을 몰래 가져가는 것도 잘못된 일이라고 설명해 주었다. 그 벌로 심부름 5번과 쓰레기를 버리라고 시켰더니, 솔이가 쓰레기봉투 하나를 두 번 왔다 갔다 하면 두 번의 심부름으로 쳐 주냐면 거래를 한다. 이런, 반성의 기미가 안 보인다.

아이들은 참 신기하다. 기분 나쁜 일을 금방 잊는다.

금방 잊는 척하는지는 모르겠지만 아이들이 부럽다. 나도 나쁜 일은 금방 잊고 싶은데 참 어렵다.

중고 레고와 세뱃돈을 퉁치다

2020년 1월 23일 목요일

밤샘 야간 근무가 끝났다. 선배가 승차감 좋은 세단으로 데려다준 덕분에 편하게 집에 도착했다. 솔과 율은 등교를 했고, 방과 후 활동이 없는 온유는 쫄바지 내복을 편히 입고서 소파에 누워 책을 읽고 있었다. 나는 온유에게 인사를 건네면서 편안 옷으로 갈아입고, 잠잘 준비를 했다. 온유는 거실에서 요즘 즐겨 듣고 있는 라디오 EBS '오천만의 변호인'를 청취하고 있었다. 나는 전기장판을 뜨겁게 설정한 후 잠을 청했다. 잠이 안 올 줄 알았는데 일어나보니 오후 2시였다. 내가 잠자는 중간에 온유가 점심 먹자고 했던 게 기억이 났다. 온유와 나는 외출 준비를 했다. 우리는 설 전날인지라 돌봄 활동 중인 쌍둥이들을 조기 퇴근시켰다.

우리 남자 넷은 서울 송파구에 있는 '굿 윌' 중고매장으로 출발했다. 내가 주차장에 주차를 하는 동안 아이들은 '굿 윌에서 무엇을 득템할 수 있을까?' 상상하는 것 같았다. 주차를 마치자 아이들은 부리나케 매장으로 달려갔다. 제일 먼저 들어간 솔은 매의 눈으로 이러 저리 살피다가 노란색 레고 미니 피규어 컬렉션 박스 세 개를 발견했다. 세 박스를 들고 내게 온 솔은 온유와 율에게 한 박스씩 나눠주면서, 레고를 사고 싶다고 말했다. 가격은 각 3만 원이다. 아이들은 이미 이 레고 박스에 꽂혀버렸다. 다른 장난감은 아이들 눈에 들어오지 않는 것 같다. 나는 아이들의 눈빛을 읽었다. 아이들은 가슴에 레고를 품은 채 무척 사고 싶어 했다. 나는 통 큰 아빠처럼, "사고 싶으면 사거라. 대신 세뱃돈과 레고랑 통 친다"라고 말했다. 나는 아이들 세뱃돈으로 3만 원씩 준비했다. 운 좋게 레고와 세뱃돈 가격이 정확히 맞아떨어졌기에 나는 아이들에게 레고를 사 줄 수 있었다. 아이들에게 레고는 집에 도착해서 엄마와 내게 세배를 한 후 뜯어볼 수 있다고 했다. 아이들은 '콜'을 연발하며 아주 기분 좋게 레고를 가슴에 품었다.

나중에 온유에게 들은바, 옆에 있던 아줌마가 온유에게 "레고 3개 다 살 거냐?"며 물었고, 온유는 "네"라고 대답했단다. 알고 보니 경쟁이 치열한 레고 박스였다. 집에 돌아오는 길에 우리는 아이스크림을 사 먹었다. 아이들은 기분이 좋은지 아이스크림도 흘리지 않고 잘도 먹는다. 집에 도착해서도 아이들은 흥분의 도가니다.

아이들은 나와 혜경스에게 세배를 한 후 레고 박스를 개봉했다. 레고 박스에서는 각각의 레고 캐릭터들이 쏟아져 나왔다. 새해 들어 아이들이 얻은 최고의 장난감이었다. 새 장난감도 아닌데 아이들이 정말 좋아한다. 나는 괜히 아이들에게 미안하기도 하면서, 고마운 마음이 들었다. 레고의 힘이란 현금도 이기는 것 같다. 모두 새해 복 많이 받으세요!

가족끼리 동업하는 거 아니야

2019년 10월 26일 토요일

오늘은 아파트 단지 부녀회 주관으로 벼룩시장이 열리는 날이다. 혜경스는 마지막 한 장 남은 벼룩시장 자리를 신청했고, 우리는 극적으로 참여할 수 있게 되었다. 아이들은 모두 물건을 팔고 싶다고 했다. 좋다.

하지만 시작부터 삐걱거렸다. 아이들이 팔 물건으로 정리하고, 가격을 붙이고, 일사불란하게 움직여야 하는데, 강 건너 불구경하듯 별 관심이 없었다. 결국 혜경스과 내가 준비했다. 벼룩시장에 자판을 깔러 가는 동안 아이들에게 호통을 쳤다. 다음부터는 벼룩시장 참여 안 한다고.

혜경스와 아이들은 27번 자리에 돗자리를 깔고, 팔 물건들을 세팅했다. 온유, 솔, 율은 각자 준비한 물건을 세팅했고, 혜경스는 아이들에게 거스름돈을 똑같이 나눠주었다. 이제 시작이다. 얼마나 팔리려나? 궁금했다.

오후 12시부터 4시. 날씨가 오지게 춥다. '금강산도

식후경'이라 부녀회에서 파는 떡볶이와 꼬치를 먹고, 추위에 맞서 몸을 풀었다. 곧 장사 개시. 아이들은 잡다한 장난감을 가져왔다. 포켓몬 카드, 미니카 등등 전혀 팔리지 않을 것 같은 장난감들. 그러나 역시 베이 블레이드 팽이가 가장 빨리 팔렸다. 가격이 싸서 그런 것 같다. 주변 시장 조사가 동반되어야 함을 깨닫는 순간이다.

한두 시간이 지나고, 날씨가 추우니 아이들은 지쳐간다. 온유는 친구들과 함께 놀이터를 들락날락하고, 율이는 주변에 살 게 있나 두리번거린다. 의외로 솔이는 진득하게 3시간 넘게 자리를 지켰다. 나는 옆에서 김솔 사장의 보조 직원을 해주었다. 생각보다 장사를 잘하는 김솔. 독특한데 목표 의식이 있는 김솔이다. 나는 바람잡이 역할을 해주었다. 그리고 끝까지 남아서 늦게 오는 손님을 노리자고 솔에게 조언을 해주었다. 역시나 아이들과 늦게 온 아빠들은 아이들에게 남은 장난감을 사주었다. 성공이다.

3시 30분. 장사가 마무리되었다. 아이들은 각자 짐을 정리해서 한 보따리씩 들고 집으로 왔다. 아이들은 장사의 즐거움을? 아니면 고통을? 무엇을 느꼈을까? 궁금했다. 집에 돌아와 야간 출근 전까지 아이들의 벌어온 돈을 정산했다. 역시나 김솔이 가장 많이 벌었다. 장사는 좋은 아이템을 괜찮은 가격에 파는 것도 중요하지만 끝까지 포기하지 않는 것이 중요하다는 교훈을 얻었다.

정산 결과(수익금만) 총 26,900원

김솔 : 15,900원

김율 : 6,900원 (중간에 2,000원 스티커 구입)

김온유 : 4,100원

자릿세와 기본 거스름돈을 빼고, 아이들에게 배분을 했다. 역시나 분란이 일어났다. 김솔이 가장 많은 돈을 가지는 것에 대해서는 불만이 없었으나 김율과 김온유는 각자의 배당금액에 불만을 가졌다.

나는 출근을 하고, 혜경스가 다시 정산을 했다. 역시나 불만이 나왔다고 한다. 이번 벼룩시장을 하면서 두 가지 교훈을 얻었다. 장사는 어렵다. 가족 간의 동업하는 거 아니다.

솔과 이천 원

2019년 11월 5일 화요일

오후 4시 30분. 현관에서 '삐삐~삐삐삐~' 문 여는 소리가 들린다. 삼 형제가 안전하게 하교를 했다. 온유는 친구가 화장실을 사용한다고 데리고 왔다가, 친구와 함께 밖으로 쌩 나가 버렸다. 율도 놀이터에 간다고 쌩 나가 버렸다. 그런데 솔은 나갈 생각을 하지 않는다. 솔은 방에서 돈을 찾더니, "아빠. 천 원으로 뭐 사 먹어도 돼요?"라고 묻는다. 나는 "그래, 사 먹어라"라고 말했다. 내 대답을 들은 즉시, 솔은 주머니에 천 원을 찔러 넣고, 부리나케 밖으로 나갔다.

집에 다시 평화가 시작됐다. 나는 읽고 있던 책을 다시 집어 들었다. 잠시 후 다시 현관문 여는 소리가 들렸다. 뭐지. 솔이었다. 솔이는 닭똥 같은 눈물을 흘리면서 들어왔다. 나는 솔에게 "왜 우냐?"고 물어보았다. 솔은 바지 주머니에 돈을 집어넣었는데, 1층 공동 현관문에서 확인해보니 돈이 없어졌단다. 나는 솔과 함께 4층에서 1층까지 샅샅이 찾아보았다. 하지만 천 원은 보이지 않았다. 우리는 아무 소득 없이 집으로 돌아왔다. 솔이는 여전히 눈물을 흘리며 슬퍼했다. 내가 천 원을 그냥 줄 수도 없는 노릇이었다. 때마침 솔의 방이 너무 더러웠기에 청소를 하라고 했다. 솔이는 눈물을 뚝뚝 흘리면서 방 청소를 하기 시작했다. 책 정리를 하고, 방에 널브러진 옷과 레고를 정리했다. 나는 바닥 먼지 청소도 부탁했다. 그리고 솔에게 청소 끝나면, 수고비로 돈을 주겠다고 약속했다. 솔이는 방을 깨끗이 청소했다. 나보다 청소를 잘한다. 하지만 솔의 방은 늘 쓰레기장이다. 나는 지갑을 털어서 천 원을 준비했다.

그런데 화장실에서 기쁨의 비명이 들렸다. 솔이가 화장실에서 잃어버린 천 원을 발견한 것이다. 솔이는 싱글벙글하며, 잃어버린 천 원을 들고나왔다. 닭똥 같은 눈물은 우주로 가 버렸고, 로또 맞은 사람처럼 기분이 좋아서 싱글벙글했다. 솔은 다시 먹을 걸 사러 나갔다. 그런데 10분도 안 돼서 다시 집으로 돌아왔다. 뭐지. 또 돈을 잃어버렸냐? 솔은 단지 내 장터에 갔단다. 내 거랑 솔이 거랑 오백 원짜리 꼬치를 2개 사려고 했는데, 꼬치 부스가 없어져서 돌아왔단다. 다른 음식은 2,000~3,000원이어서 못 사고. 솔이가 "아빠 거랑 자기 거랑 꼬치 2개를 살려고 했는데, 없어서 못 샀어요"라는 말을 듣는 순간, 온몸에 소름이 쫙 돋았다. 물론 기분은 무지 좋았다. 하지만 8살 아이가 자기 것만 사 먹고 싶었을 텐데, 아빠까지 생각하다니. 어른인 나보다 훨씬 괜찮은 사람 같았다. 고맙고 또 감사했다. 이런 게 아이를 키우는 재미인 것 같다. 아주 소소한 것에 감동하고, 고마워하고, 감사하는 것 말이다. 나는 여전히 아이와 티격태격하고, 기 싸움을 하는 날의 연속이다. 남들이 보면 똑같은 일상이다. 하지만 우리의 일상은 소소한 특별함이 숨겨져 있다. 그 소소한 특별함이 오늘도 나를 살아가게 만든다.

남자 넷, 훌쩍 떠난 부산 여행

2019년 4월 24일 수요일

~ 4월 27일 토요일

한 달 전부터 잡혀있던 아내 혜경스의 베트남 출장 날이다. 비가 살포시 내렸기에 공항버스 타는 곳까지 데려다주었다. 그리고 나와 세 아이도 아내의 일정에 맞춰 부산 여행을 계획했기에 부산으로 갈 준비를 했다. 전날 아이들은 각자 짐을 싸고, 필요한 것들을 가방에 챙겼다. 조수석에는 번갈아 가면서 하루씩 앉기로 했다. 첫날은 큰아이 온유가 앉았다. 온유에게 조수석의 임무를 설명해주고, "잘 부탁한다."고 주먹 인사를 했다.

드디어 2박 3일 부산 여행이 시작되었다. 5시간 넘게 운전을 해야 하는 부담이 있었지만 쉬엄쉬엄, 조심조심, 여유 있게 나아갔다. 아이들에게 하남에서 부산까지 거쳐 갈 고속도로에 대해서 설명을 해주고, 틈나는 대로 지나가는 도시에 대해서도 설명을 해 주었다. (기억이나 할지 모르겠다.) 휴게소에 들러서 사진도 찍고, 눈으로만 구경했던 '그램으로 파는 젤리'를 사 먹기도 했다. 하지만 젤리는 정말 맛이 없었다. 다음부터는 '하리보'를 사 먹겠단다.

장시간 운전으로 엉덩이가 들썩들썩한다. 엉덩이를 부여잡고 간신히 부산에 도착했다. 부산이 처음인지라 낯설었지만, 내 친구 '네이버 내비게이션'의 도움으로 광안대교와 부산항대교를 거쳐 첫 번째 목적지인 '국립해양박물관'에 무사히 도착했다. 오랜만에 바다를 보니 왠지 모를 설렘이 스멀스멀 올라온다. 나 홀로 바다의 감성을 한껏 만끽하고, 두 번째 목적지인 부산시청으로 향했다. 함께 인문학을 공부하고 있는 지인(현정 누나)이 일하는 곳이다. 생각보다 부산시청의 규모가 컸다. 현정 누나의 안내로 부산시청의 이곳저곳을 구경했다. 왠지 VIP가 된 기분이다. 현정 누나는 저녁으로 맛있는 '언양 불고기'를 사주었다. 부산의 야경을 한눈에 볼 수 있는 황령산으로 향했다. 날씨가 조금 흐려서 아쉽긴 했지만 부산을 한눈에 볼 수 있어서 정말 좋았다. 부산 야경을 보고, 현정 누나의 아지트 카페에 함께 가기로 했으나 장시간 운전으로 인한 편두통으로 다음을 기약할 수밖에 없었다. 숙소에 도착하여 체크인한 후 돌아왔는데 율이가 솔의 팔 상처를 치료해주고 있었다. 율의 작은 가방에는 대일 밴드, 솜방망이, 후시딘이 있었다. 꼼꼼한 율이다.

해운대 산책으로 부산에서의 두 번째 날을 시작했다. 최근에 읽었던 『우연한 산보』라는 책에서 주인공은 도쿄 곳곳을 산책하면서 뜻하지 않는 명소를 발견하는 기쁨을 만화로 그렸다. 나도 해운대를 산책하면서 소소한 명소를 발견하고 싶었기에 아이들과 걷기 시작했다. 아이들이 구경하고 싶었던 '영화의 거리'를 지나니, 반대편에 숲이 우거진 공원이 보였다. 공원에 도착하니 '동백섬'이었다. 동백꽃 향을 느끼지 못해 아쉬웠지만 동백나무에 둘러싸여 걷는 느낌이 좋았다. 누리마루 APEC 하우스도 구경하고, 동백섬 황옥 공주도 만났다. 동백 공원 산책로가 끝날 때쯤 해운대 해수욕장이 우리를 기다리고 있었다. 아이들은 모래, 파도와 놀기도 하고, 소리를 지르기도 한다. 금강산도 식후경인지라 해운대 전통시장에 들어가 부산 돼지국밥을 먹었다. 처음에 솔이는 안 먹겠다고 하였으나 고기를 한 점 먹어보고는 후다닥 한 그릇을 비운다. '아빠 말을 잘 들으면 자다가도 떡이 나온다. 가끔 아닐 때도 있지만'라고 생각했다. 드디어 우리의 최종 목적지인 '아름다운 가게-부산 해운대점'에 도착했다. 엄마의 동기가 일하는 곳이었기에 인사를 하고, 아이들에게 만 원씩 주며 각자 마음에 드는 물건을 사라고 했다. 역시나 솔은 통이 크다. 만 원을 다 사용했다. 온유와 율은 오천 원씩 남겼다. 성격이 나오는구나.

택시를 타고 숙소를 돌아와 오륙도 스카이워크로 향했다. 때마침 문화해설가님이 오륙도에 대해서 잘 설명해주셨다. 오륙도는 '섬이 다섯 개로 보이기도 있고, 여섯 개로 보이기도 해서 오륙도로 불린다'라며, 오륙도 섬을 기준으로 동해와 남해로 나뉜다고 했다. 역시 알아야 하느니라. 스카이워크를 한 바퀴 돌고, UN기념공원으로 출발했다. UN기념공원은 UN기념묘지로 지명된 세계 유일의 묘지로서, 11개국의 2,300여 개의 유해가 안장되어 있다. 아이들과 함께 우리나라를 위해 싸워준 UN군에게 감사의 마음을 전했다.

부산에서의 셋째 날이 밝았다. 리조트에서 짐을 챙겨 용두산 공원으로 출발했다. 산으로 올라가기 전에 부산근대역사관에서 근대 부산에 대해서 돌아보고, 부산타워를 구경하고, 영화체험박물관을 갔다. 영화체험박물관은 생각보다 체험할 것들이 많았다. 입장료가 비쌌지만 아이들의 만족도가 높았다. 이어서 보수동 헌책방 골목에 갔다. 날씨가 추운 관계로 간단히 구경하고, 현정 누나가 살고 있는 동래온천으로 향했다. 가는 동안 아이들은 깊은 잠에 빠졌다. 나도 자고 싶다. 우리는 허심청 온천에서 목욕을 했다. 규모가 어마어마하다. 목욕탕은 복층으로 미니 풀장도 있고, 목욕탕 안에 아이스크림과 커피를 팔았다. 아이들과 2시간 동안 목욕을 하고, 현정 누나를 만나 맛있는 돈가스를 먹고, 동래읍성에 갔다. 비가 부슬부슬 내리긴 했으나 추위를 이겨내고, 현정 누나의 안내를 따라 성 한 바퀴를 살짝 돌았다. 임진년, 부산진성을 함락시킨 후 왜군이 동래읍성으로 진격해 "싸우려거든 싸우고 그렇지 않으면 우리에게 길을 비켜 달라"고 요구했으나 동래부사 송상현은 "싸워 죽는 것은 쉬우나 길을 빌려주기는 어렵다"며 끝내 항쟁을 계속했다는 유명한 이야기가 전해온다. 결국 동래읍성도 왜군에게 함락되었다. (출처-네이버 지식백과) 동래읍성 투어를 끝으로 현정 누나와는 서울에서 만날 날을 기약하며 헤어졌고, 우리는 게스트하우스로 출발했다. 게스트하우스가 처음인지라 조금 신경이 쓰였다. 아이들은 규칙들이 많다며 불만을 표출하면서 잠이 들었다.

이제 진짜 부산에서의 마지막 날이다. 아침을 간단히 먹고, 다시 해운대 산책을 나왔다. 오늘의 날씨는 여행 중 최고다. 해운대 바람도 좋고, 햇살도 좋다. 아이들은 이미 바닷물에 신발이 젖었다. 그 옆에 있는 동백섬도 한 바퀴 돌았다. 산책하는 내내 아이들은 허심청에 다시 가고 싶단다. 뭐라고? 그래. 너희들을 위한 여행이니 너희가 가고 싶은 곳에 가자.

그리하여 다시 허심청 온천으로 향했다. 2시간 넘게 목욕을 했더니 아이들의 얼굴에서 빛이 났다. 오! 세상에. 다음에 또 부산에 오면 허심청 온천에 또 온단다. 온천쟁이들 같으니. 허심청과 작별 인사를 하고, 하남으로 출발했다. 오늘도 역시 온유가 조수석에 앉아 나를 돕는다. 믿음직하다.

이렇게 '남자 넷, 훌쩍 떠난 부산 여행'이 끝났다. 원래는 2박 3일 예정이었으나 하루 더 연장하여 부산에 머물렀다. 우리가 여행한 부산은 참 매력적인 곳이었고, 외국 같았다. 여행 내내 아이들과 함께 웃다가도, 혼내기도 하고, 다시 친해지기를 반복했다. '친구를 알고자 하면 사흘만 같이 여행해 보아라'라는 서양 속담이 있다. 이번 여행을 통해서 온유, 솔, 율의 대해서 전에 몰랐던 부분들을 많이 알게 되었다. 온유는 생각한 것보다 성숙했고, 솔은 생각한 것보다 자유분방했고, 율은 생각한 것보다 꼼꼼했다. 여행을 통해서 서로를 더 잘 이해하고, 서로를 더 사랑할 수 있는 것 같다. 다음에는 '남자 넷, 훌쩍 떠난 세계 여행'을 떠나야겠다. 아. 그러면 혜경스가 서운하려나? '독수리 오 가족, 훌쩍 떠난 세계 여행'으로 급하게 수정하기로 했다.

국립중앙박물관 방문

2019년 8월 27일 수요일

오늘도 야간 퇴근 후 잠을 청하지만 침대에서만 뒹굴 뿐이다. 이미 눈은 뻘겋다. 새벽에 커피를 너무 많이 마셨나 보다. 자고 싶다. 계속 뒤척뒤척하는 사이 오후 1시 넘었다. '삑삑삑'하는 소리가 들리면서 현관문이 열렸다. 1번 선수 온유 등장. 1시간이 지난 후 오후 2시쯤. 다시 '삑삑삑' 소리와 함께 현관문이 열리면서, "아빠 학교 다녀왔습니다"라는 큰 소리가 들린다. 2번과 3번 선수 솔과 율이 도착했다. 잠 포기. 점심을 먹고, 정신 차려서 샤워를 했다. 곧장 국립중앙박물관으로 출발했다. 그런데 차의 기름이 간당간당하다. 주유소에 들렀으나 문이 닫혔다. 모르겠다. 그냥 가자. '컬투 쇼'를 들으면서 다시 출발했다. 라디오 사연이 너무 웃겨서 배꼽이 빠지는 줄 알았다. 온유와 나만 재미나게 웃었다. 약 50분 정도 운전하여 박물관에 도착했다.

국립중앙박물관에 온 목적은 '실경산수화'를 관람하기 위해서였다. 아이들을 위함이 아니라 나를 위한 시간. 우선 어린이 박물관에 들러 아이들을 놀게 했다. 그리고 표를 사서 실경산수화를 관람하러 갔다. 8월의 마지막 수요일이 문화의 날이라 운 좋게도 티켓을 50% 할인받았다.

개학한 지 얼마 안 되어서 그런지 박물관이 한적했다. 고요하니 좋다. 드디어 입장한다. 조선 시대의 대표적인 실경산수화가 정선의 '금강산 여행 기념 그림'이 우리를 반겨주었다. 훌륭하다. 8절지 정도의 작은 그림에 깨알 같은 사람이 그려져 있다. 지루해할 것 같은 아이들의 흥미를 돋기 위해서 미션을 주었다. 그림 속의 사람을 찾아라. 다행히 그림마다 개미만 한 사람들이 있었다. 아이들은 사람을 찾고, 나는 아름다움을 찾았다. 정선의 그림을 포함하여 김홍도 등의 그림이 전시되어 있었다. 나는 그림을 잘 모르나, 그림을 보니 감탄사가 절로 나왔다. "대박! 우와!" 요즘 그림이라고 해도 믿을 것 같았다. 먹과 먹물로 농도를 조절하면서 그린 그림들인데. 이렇게 표현을 잘 할 수 있었을까? 화가니까.

괜히 부끄러워졌다. 나는 무엇인가를 할 때 환경과 도구들을 생각하면서, 할 수 있음에도 하지 않은 일들이 더 많았기에. 이들은 전혀 어려운 환경을 생각지 않고, 그들이 본 것들을 멋들어지게 자기만의 색깔로 표현했다. 이참에 수묵화나 배울까 싶은 생각이 마구마구 솟았지만, 아쉽게도 나는 화가가 아니었다.

그림을 잘 관람한 후 공연을 구경했다. 클래식 기타와 해금 연주. 개량 한복을 곱게 차려입은 두 남녀가 연주가들이었는데, 외모만큼 연주도 훌륭했다. 춘천 가는 기차와 사랑의 그 쓸쓸함에 대해서 등을 연주했다. 서양 악기와 국악기의 콜라보 연주인데 생각보다 잘 어우러졌다. 끝까지 보고 싶었지만 배고픔을 호소하는 이들 때문에 중간에 자리를 떠서 아쉬움이 많았다. 나중에 유튜브를 찾아보니, 해금 연주자는 정겨운으로 피아노와 콜라보한 연주곡도 많았다.

우선 배고픔을 샌드위치로 달래고, 혜경스가 있는 회현으로 향했다. 남산 터널을 통과하는데 감사하게도 3인 이상은 무료였다. (몰랐다.) 아름다운 가게 본사 옆에 멋지게 주차하고, 혜경스한테 전화를 했는데 회현 말고, 안국에 있다고 했다.

다시 안국으로 출발. 차를 운전해서 종로에 나온 적이 한 번도 없었는데, 이렇게 운전을 하다니. 기분이 묘했다.

늘 걷기만 했던 명동을 지나, 종로2가를 지나, 인사동을 지나, 정독도서관을 지나, 아름다운 가게 안국점에 도착했다. 혜경스는 오늘과 내일 면접관이라고 했다. 그녀의 얼굴의 피곤한 기색이 역력하다. 이혜경 팀장을 태우고 하남으로 출발했다. 아이들은 배가 고프다고 아우성친다. 하남 시청 앞 한 만두집에 갔다. 생각보다 맛이 없었다. 변했다. 내가 변했나.

밤 10시다. 피곤하지만 좋았다. 우선 이 친구들과 함께 무엇인가를 한다는 것이 좋았고, 피곤한 이혜경 팀장을 데리고 함께 집에 와서 좋았다. 마지막으로 좋아하는 그림을 관람해서 좋았다. 그냥 좋았다. 좋은데 이유가 있을까.

이 친구들하고 함께 공유할 추억이 하나 더 생겨서 그것만으로 좋은 밤이다.

엄마 찾아 십 리

2019년 1월 10일 목요일

오늘 나의 피 같은 휴가 날이다. 안타깝게도 나를 위한 휴가가 아닌 쌍둥이를 돌보기 위한 휴가다. 뭐. 어쩌겠는가? 나는 부모이고, 아이들을 돌봐야 할 의무가 있으니. 아이들은 어제 서울 나들이 여파로 늦잠 모드다. 나는 혜경스와 온유를 보내고, 잠깐 혼자만의 시간을 즐기지만 그것도 잠시다. 솔과 율은 일어나더니 방에서 자기들끼리 '낄낄'거리면서 논다. 매일 보는데 뭐가 그리 재미있을까 싶다. 아침 겸 짐심으로 혜경스가 사 놓은 삼각 김밥을 만들어서 먹었다. 솔과 율은 각자 자기의 삼각 김밥을 만들어서 먹는다. 나는 그냥 맨밥에 김치만 먹는다.

아침부터 눈이 계속 내린다. 아이들에게 밖에 나가서 놀자고 하니 안 나간다고 한다. 다시 12시쯤에 밖에 나가자고 하니 함께 나가자고 한다. 솔이가 망원경을 걸고 있길래 엄마한테 걸어가자고 했다. 다들 좋단다.

그리하여 우리의 '엄마 찾아 십 리' 여행이 시작되었다. 대장은 김솔이고, 나와 김율은 대원이다. 솔은 망원경으로 앞을 잘 살피면서 우리에게 길을 안내한다. 눈이 내려서 인도가 미끄럽지만 스케이트를 타듯 요리조리 눈을 밟으면서 나아간다. 상일동역에서는 지하로 이동을 하고, 다시 인도에 올라와서는 눈사람을 만들기도 하고, 큰 돌에다 사람 얼굴을 그리기도 한다. 천신만고 끝에 엄마가 일하는 아름다운 가게 강동고덕점에 도착했다. 집에서 고덕역까지 약 4km이고, 대략 1시간 정도 걸렸다. 낙오자는 발생하지 않았다. 1시간 동안 아이들과 즐겁게 이야기하면서 걸었더니 금세 도착했다.

아이들과 함께 있는 날은 무엇인가 함께 하고 싶고, 소소한 일상 속에서 함께하니 더 좋은 거 같다. 내가 아이들과 함께할 날보다 아이들이 나와 함께 할 날이 얼마 안 남았으니. 그때까지 부지런히.

어린 시인들

2019년 7월 18일 목요일

새벽 1시쯤 집에 들어왔다. 온유 방 문 앞에 노란 포스트잇 두 장이 있고, 온유가 쓴 자작시도 붙어 있었다.

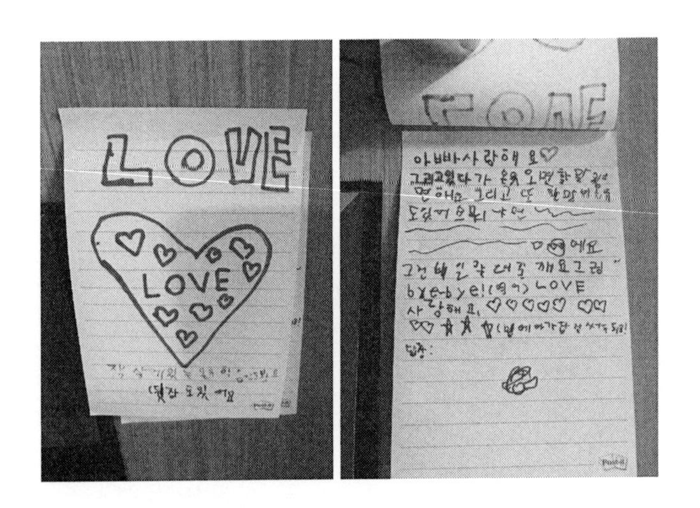

그냥 놔두세요

김온유

그냥 놔두세요

하루종일

컴퓨터 게임을

계속하게

하루종일

숙제 안 하게

하루종일

라면 먹게

하루종일

놀게

2019년 12월 14일 토요일

동백꽃

김솔

이른 아침부터 살랑살랑 거리니까

온 마을에도 향기가 퍼져가네

동백꽃 또 살랑살랑

또 향기가 나라 끝까지 퍼져가네

그러다가 동백꽃 시들었네

한 사람 동백꽃 심네

다시 동백꽃 살랑살랑

동백꽃 향기 좋은 향기네

*어린이 동아일보에 실렸다.

2019년 12월 21일 토요일

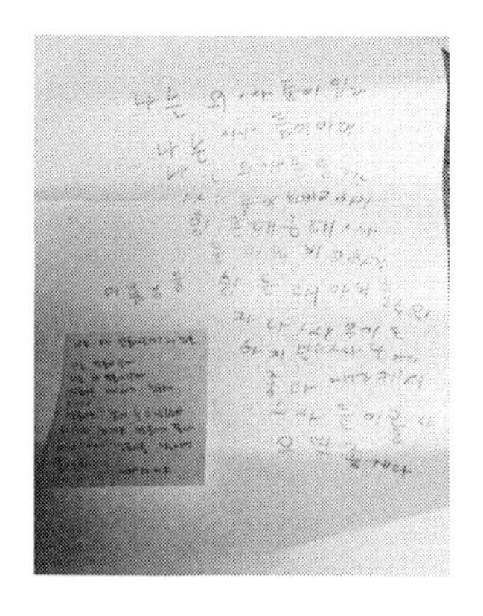

나는 왜 쌍둥이일까?

김율

나는 쌍둥이 아이

나는 왜 쌍둥이일까

쌍둥이는 비교하기 힘든데

근데 쌍둥이는 비교하지

쌍둥이는 자다 싸우기도 하지만

쌍둥이가 좋다

내가 커서 쌍둥이를 낳으면 좋겠다

임질이 뭐예요?

2019년 9월 17일 화요일

오늘 비번이지만 퇴근 후 출장을 다녀왔다. 집에 도착하니 오후 3시다. 역시나 졸리지만 잠이 안 온다. 침대에 누워서 계속 뒤척이다 보니 저녁 6시다. 저녁 준비할 시간이다. 혜경스는 회식이고, 남자 넷만 먹으면 된다.

나는 쌀을 씻고, 쾌속 취사로 밥을 한 후 미역국을 끓였다. 미역국과 북어를 물에 불린 후 참기름과 함께 볶아서 미역국을 보글보글 끓였다. 열심히 저녁을 준비하고 있는데 솔과 율이가 들어와서는 슬러시가 먹고 싶단다. 그래, 사줄게. 나는 분리수거 쓰레기를 들고 쌍둥이들과 장터로 갔다. 분식집에서 김온유를 발견했다. 친구랑 엄청 맛있게 떡볶이를 먹고 있었다. 솔과 율은 슬러시와 떡꼬치를 하나씩 사 먹고, 신나게 집으로 왔다. 집에 오는 길 내내 "아빠 고마워요"를 연발하면서 내게 꼬치와 슬러시를 한 입씩 준다. 저녁 준비를 괜히 했구나 싶다.

저녁 7시쯤 아이들은 샤워를 하고, 뜨거운 쌀밥에 스팸을 얹어 저녁을 조금 먹었다. 혜경스의 도착 시간이 얼마 남지 않아서 온유와 율에게 엄마를 버스 정류장에서 모셔오라는 미션을 주었다. 솔은 화장실에 있어 갈 수가 없었다. 화장실에서 나온 솔이가 갑자기 내게 질문을 한다.

"아빠. 임질 알아요?"

"그게 뭔데?"

"임질에 걸리면 오줌을 못 싼대요."

"뭐라고?"

"책에서 읽었어요." (책을 보여주면서)

책의 내용은 남자 성기에 생기는 성병이었고, 그걸 읽은 솔은 내게 질문을 했다. 호기심이 참 많구나. 솔이가 매우 궁금해하기에 나는 임질과 세면발이, 매독에 대해서 설명해주었다. 마지막 멘트로 "너의 고추를 잘 씻어야 한다"라며 끝을 맺었다. 참 솔이다운 질문이었다. 생각해보니 온유는 이런 질문을 안 했었는데.

혜경스가 온유, 율과 함께 집에 도착했고, 나는 큰 배를 깎았다. 다들 맛있게 먹고 나서 각자의 일을 한다. 책을 읽는 아이, 그림일기를 쓰는 아이, 배를 감싸고 있는 껍질로 뭔가를 만드는 아이. 배를 감싸고 있는 껍질로 뭔가를 만드는 아이는 유성 매직과 신문과 유리 테이프를 가지고 열심히 작업 중이다. 그러더니 훌륭한 해바라기를 만들었다. 김솔은 정크아트의 창시자다.

벌써부터 군대 걱정이라니

2019년 11월 2일 토요일

토요일 주간 근무 날이다. 일반 사람들도 주말 근무는 싫어하겠지. 정신일도 하사불성! 집중해서 근무 중인데 아침 10시 51분에 김솔에게 전화가 왔다.

"아빠. 군대에서 얼마나 근무했어요?"

"나는 25개월 정도"

"그러면 저번 담임선생님은 언제 군대에서 와요?"(솔의 담임선생님이 남자였는데, 한 달도 안 돼서 입대를 했다.)

"아마도 솔이가 2학년 마칠 때쯤에. 갑자기 군대는 왜 물어봐?"

"아. 나중에 솔이가 커서 군대 가면 얼마나 있는지 계산해보려고요."

"그래. 아마도 너 군대 갈 때면 통일되지 않을까! 통일되길 기도하렴."

아니. 8살이 벌써 입대 준비를 하는 거야. 진짜 엉뚱한데, 왠지 현실적이다. 대단하다. 대한민국 남자로서 입대라는 부담감이 어려서부터 생기나 보다. 나도 그랬나? 아주 오래된 이야기라 기억나지 않는다.

아빠, 연세우유는 할아버지·할머니만 드시는 거예요?

2019년 12월 19일 목요일

어제 쌍둥이들과 엘리베이터를 기다리고 있는데 솔이가 '연세우유 주머니'를 보면서 왈,

"아빠, 연세우유는 연세가 많은 할아버지, 할머니만 드시는 거예요?"

어떻게 이런 생각을 하지? 넌 역시 크리에이티브하구나.

자존감 왕 vs 공부 왕

2019년 5월 22일 수요일

주간 근무가 끝난 후 저녁 먹고 집에 도착하니 8시가 넘었다. 혜경스가 먼저 퇴근했지만 집은 엉망진창이다. 나는 가방을 내려놓음과 동시에 아주 자연스럽게 빗자루를 들고, 거실을 쓸고 있는 나를 발견한다. 이제 가사는 내 삶의 일부분이다. 옆에서 설거지를 하고 있던 혜경스가 온유의 자존감에 대해서 이야기한다. 얼마 전에 3학년 수학경시대회를 했고, 온유는 59점을 맞았단다. 온유가 말했다.

"엄마, 저 수학경시대회에서 59점 맞았어요. 그리고 선생님이 점수는 비밀인데 공개하고 싶은 사람은 공개해도 된다고 해서 친구들한테 공개했어요. 100점은 한 명이고, 저보다 낮은 점수 맞은 애들도 많아요."

나도 모르게 온유에게 "너는 59점이 잘 한 거라고 생각하니?"라고 물었다. 이런 질문을 하다니, 실수했다. 사실은 수학 59점을 자랑스럽게 공개하고, 자신 있게 말할 수 있는 온유의 자존감이 부러웠다. 이 친구가 '참 건강하게 자라고 있구나' 생각이 들었다. 하지만 내 머릿속에서는 여러 생각이 교차했다. '수학 학원을 보내야 하나? 이러다 공부 못하는 아이가 되면 어떻게 하지? 실패한 인생이 되면 어떡하지?' 갑자기 별의별 생각이 다 든다. 나는 어린 왕자가 아니라 어른이니까.

부모로서 아이가 자존감도 높고, 공부도 잘했으면 좋겠다는 생각을 할 때가 있다. 내가 그런 아이가 아니었으니까 더 그런 마음이 들겠지. 물론 두 가지를 다 가졌으면 좋겠지만 혹시 두 가지 중 하나만이라도 가질 수 있다면 나는 (인문학을 공부하는 사람으로) 과감히 '자존감'이라고 말하고 싶다. (지금은 잘 모르겠지만 자존감이 높으면 무엇을 하든 스스로의 만족도가 높을 테니.) 나는 아이의 높은 자존감은 가정에서부터 시작된다고 생각한다. 결국 부모가 문제다. 부모의 자존감이 높지 않으면 아이들의 자존감도 높지 않을 것이다. 나는 지금 자존감이 높은 아빠인가? 지금 키우는 아이를 보면 알 수 있지 않을까.

자존감 높은 아이

2020년 1월 8일 수요일

온종일 감기로 헤롱헤롱한 날이다. 아침에 병원에 갔다 오고 난 후 종일 잤다. 혜경스가 퇴근한 지도 모른 채. 피곤한 혜경스는 저녁 준비로 바쁘다. 덕분에 맛있게 저녁을 먹고, 다들 모여서 집 정리를 했다. 그리고 아이들이 학교에서 가져온 생활통지표를 읽었다. 온유는 방에서 동생들에게 「사자와 마녀와 옷장」을 읽어주고 있다.

온유의 통지표 중 '내가 생각하는 나의 생활 통지표'를 읽었다. 항목 중에 '나는 집에서 꼭 필요한 존재이다'라는 질문이 있었다. 그 질문의 점수가 100점이었다. 아내가 온유에게 물었단다. 너는 집에서 꼭 필요한 존재냐고, 온유는 당연하죠, 집에서 필요한 존재죠, 라고 대답했다. 온유는 자존감이 높구나. 부럽다. 자기가 필요한 존재임을 알고 있다는 사실. 나는 10살 때 저런 생각조차 한 적이 없는데. 자기를 잘 알고 있다니.

온유가 잠깐 물을 마시러 나왔기에 온유를 불러서 안아줬다. '온유는 우리 집에 꼭 필요한 존재'라고 말하면서. 갑자기 온유 뒤로 솔과 율이 줄을 선다. 그러더니 두 팔을 벌려서 나를 안아 준다. '아빠도 필요한 존재예요. 소중한 존재에요'라고 말한다. 아내에게 가서는 뽀뽀를 하면서 소중한 존재라고 말해준다.

재미난 아이들이다. 서로가 서로에게 필요한 존재라고 생각하는 것이 매일 티격태격하지만 서로가 필요한 존재임일 잊지 않았으면 좋겠다. 나와 아내는 아이들이 어느 곳에서나 필요한 존재가 될 수 있도록 길잡이 역할을 잘했으면 좋겠다. 오늘은 우리 모두가 필요한 존재임을 깨닫는 훈훈한 밤이구나.

"자녀 교육의 핵심은 지식을 넓히는 것이 아니라
자존감을 높이는 데 있다."

— 톨스토이

지금은 잘 모르겠지

2019년 5월 15일 수요일

야간 근무 날이다. 집에서 방을 쓸고, 빨래를 하고, 설거지로 집안일을 마무리했다. 밀린 숙제를 좀 했다. 오후 4시쯤 출근하려는 데 방과 후 수업을 마친 온유가 들어왔다. 잠깐 대화를 나누는데 계속 휴대폰에 대해서 물어본다. 온유와 함께 밖으로 나왔다. 나는 버스 타러, 온유는 축구하러. 아이스크림을 사 먹으러 갈까 했는데 그냥 온유에게 천 원을 줬다. 혼자 아이스크림 사 먹으라고 했다. 온유는 자전거를 타면서 갔다. 순간 자전거를 탄 온유의 모습이 너무도 신기한 생각이 들어서 사진을 한 장 찍었다. 버스에서 사진을 보는데 온유가 많이 컸다는 생각이 들었다. 벌써 두 자릿수 나이라니.

온유한테 좀 미안한 마음이 있다. 친구들은 스마트폰 게임도 하고, 텔레비전도 많이 보고, 편의점에서 라면도 잘 사 먹는데, 온유는 그렇지 못하니까. 집에 있는 폴더폰으로 친구들과 문자 보내는 것도 약간 통제를 하니까. 부모로서 나는 당연히 자녀에게 필요한 것을 통제해야 한다고 생각한다. 통제당하는 당사자는 많이 힘들겠지만 어쩐지 오늘은 온유에게서 안쓰러움이 느껴진다.

P. S

온유야. 지금은 잘 모르겠지. 많은 것을 통제당한다고 생각할 테니까. 하지만 통제가 아니라 인내라고 생각하면 좋지 않을까? 그 인내가 너를 좀 더 성숙하게 하고, 좀 더 배려 깊은 사람으로 만들어 줄 거야. 조금만 더 인내하자. 고맙다!

초성의 의미?

2019년 5월 8일 수요일

김온유의 반 여자 사람 친구한테 문자가 왔단다. 내용인즉 (온유야. 물어보지 않고 올려서 미안해.)

김온유 맞니?

할 말이 있다 낼 학교에서 만나.

맞다, 어차피 말할 거 지금 말할게.

ㄴ ㅈㅇㅎ

초성 말하면 알지?

그래, 답을 해라. 사람이 물어봤으면 답을 해야지.

그럼 우리 ㅇㄴㅂㅌ ㅇㅇ?

ㅅㄱㅈ

그래서 이 둘은 ㅅㄱㄱ로 했고, 오늘이 3일째 되는 날이란다. 아. 벌써 연애라니. 잘생기면 피곤해지는구나. 온유한테 연애 조언을 해주었다.

“남자는 여자를 보호해야 한다”

나는 초등학교 6학년에 연애편지를 받았었는데 참, 시대가 바뀌긴 했구나. 이제 성교육을 제대로 시켜야 할 시기가 왔다. 좋은 성교육 자료 있으면 알려주세요!

Chapter 5.

특별한 비번 활동

나는 2018년부터 '함께성장인문학연구원'에서 인문학을 공부 중이다. 인문학 공부는 하면 할수록 알면 알수록 아리송한 것들이 많지만 내 삶이 조금씩 변화되는 게 느껴진다.

2020년 4월부터는 격주로 '김종하의 화요편지'를 쓰고 있다. 3,000여 명의 인문학 카페 회원들에게 띄우는 편지이기에 부담이 많이 되었다. 처음에는 많은 사람에게 띄우는 편지를 내가 어떻게 할 수 있냐면서 선생님께 정중히 거절했다. 그러다 결국, 나는 편지를 쓰게 되었다.

첫 번째 편지부터 걱정이 한 가득이었다. '이렇게 형편없는 글을 편지로 띄워도 될까?' 자신감이 점점 떨어졌다. 다행히 동기들과 선생님의 격려로 힘을 얻었고, 다시 심기일전하여 편지를 작성했다. 그렇게 한 번, 두 번 편지를 쓰기 시작했다. 세 아들 육아와 교대 근무자의 일상 그리고 맞벌이 부부의 삶을 소재로 편지를 한 칸씩 채웠다. 내 화요편지를 읽는 카페 회원들보다 편지를 쓰는 내가 더 많이 배우고, 깨닫는다. 이 편지들은 몇 개월간 띄웠던 화요편지를 모은 글이자 비번 날 피곤함을 이겨내면서 쓴 특별한 편지글이기도 하다. 나만의 특별한 비번 활동을 여러분과 함께 나누고 싶다.

아침 출근길, 이제 가을이다. 조금 춥다. (2018.09.04)

홈스쿨링 할 수 있을까?

2020년 3월 26일 목요일

코로나19가 길어지고 있습니다. 덕분에 아이들과 함께하는 행복한(?) 날도 늘어나고 있습니다. 개학이 2주 연기될 때까지만 해도 아이들에게 홈스쿨링 할 생각이 없었습니다. 하지만 2주 더 연장되고 나서 바로 아이들 문제집을 주문했습니다. 그리고 아이들과 함께 홈스쿨링이 시작되었습니다.

하지만 우리의 홈스쿨링은 첫날부터 아수라장이었습니다. 큰아이는 스스로 잘했지만 쌍둥이는 쉽지 않았습니다. 이 친구들은 국어와 수학을 풀어야 하는데, 문제가 이해가 안 된다면서 울고불고 난리도 아닙니다. 저는 옆에 아이들을 지켜보다가 폭발하고 말았습니다. 제 주먹은 아이들 머리를 향하고 있었습니다. 이미 꿀밤을 때렸고, 저도 쌍둥이도 마음이 상해버렸습니다. 게다가 옆에서 수학 문제를 잘 풀고 있던 큰아이도 갑자기 눈물을 흘립니다.

수학 문제를 보니 '천 조 단위'였습니다. 제가 풀어도 쉽지 않았습니다. 다행히 큰아이는 눈물과 함께 수학 문제를 끝냈습니다.

홈스쿨링으로 인해 제 정신은 산산이 조각났습니다. 심각하게 아이들 학원을 보내야 할지 고민이 들었습니다. 그러다 번뜩 맹자와 제자인 공손추의 대화가 떠올랐습니다.

> 제자인 공손추가 물었다. "군자가 자식을 직접 가르치지 않는 것은 무엇 때문입니까?" 맹자가 대답했다. "(…) 올바른 도리로서 가르쳤는데 자식이 그 가르침을 행하지 않으면 이어서 성을 내게 되고 이어서 성을 내게 되면 도리어 자식의 마음을 해치게 된다. 그러므로 옛날에는 서로 자식을 바꾸어 가르쳤다. (…) 부자간에 선을 행하려고 질책해서는 안 된다. 부자간에 선을 행하라고 질책하게 되면 사이가 멀어지게 되는데, 부자간의 사이가 멀어지는 것보다 나쁜 일은 없다."
>
> —『맹자』

옛날이나 지금이나 변하지 않은 진리입니다. 부모가 자녀를 가르치는 것이 어려운 일임을 말입니다. 그래도 용기 내어 다시 도전해보렵니다. 아이들은 부모의 등을 보고 자란다고 하기에 다음 홈스쿨링 할 때는 저도 함께 영어 공부를 해야겠습니다. 코로나로 지친 부모들이여, 오늘도 파이팅입니다!

너 참 독특하다

최근에 최진석 교수의 『탁월한 사유의 시선』을 읽었습니다. 인스타그램에서 지인이 소개한 책으로, 제목에 끌려서 바로 구입했습니다. 책 제목만 봤을 때는 읽을 수 있을까 걱정을 했는데, 읽어보니 생각보다 어렵지 않고, 밑줄 친 부분들이 많았습니다. 저는 밑줄을 계속 그어가며 정독하다가 쌍둥이 중에 솔이가 생각나는 문장을 발견했습니다.

> "미국이나 캐나다의 초등학교를 가본 적이 있는데, 거기서는 우리나라처럼 칭찬을 하너라도 성적을 가지고 칭찬을 하는 일은 많지 않습니다. 대신에 운동 잘하는 것, 남을 돕는 것 등등을 가지고 칭찬을 많이 하는데, 특히 "너 참 독특하다(you are so unique)라는 칭찬을 매우 높이 치더군요. 이렇듯 독특함을 높게 인정받는 학교에서 자란 아이들과 성적만을 가지고 서열화하는 학교에서 자란 아이들은 다르게 자랄 수밖에 없습니다."

이 문장을 여러 번 읽다 보니 9살 솔이 이상한 게 아니라 유니크한 것임을 깨달았습니다. 그러고 보니 솔은 참 유니크한 아이입니다. 솔은 다른 형제들과 다르게 행동을 합니다. 호기심도 매우 강하고, 임기응변과 처세술에 능하며, 원하는 것은 어떻게든 이루어냅니다. 저는 솔의 엉뚱한 말과 행동으로 인해 당황스러웠던 적이 한두 번이 아니었습니다. 예를 들면, 이런 경우입니다.

예화 1

엘리베이터에 표시된 '만원'이라는 표시를 보면서,

솔 : 아빠, 엘리베이터 타려면 만 원 내야 해요?

나 : 아니, 2만 원 내야 해.

예화 2

솔이가 저에게 '불이 나게 매운 치킨 맛 과자'를 몇 개 줘서, 저는 맛있게 먹었습니다. 잠시 후 저는 솔에게 "거실에 있는 장난감 좀 치워"라며 큰 소리를 질렀습니다.

나 : (아주 큰 소리와 함께 화를 내면서) 김솔, 너 정리 안 하냐?

솔 : 아빠는 불이 나게 매운맛 과자를 먹더니 불이 나게 화를 내네요.

예화 1, 2에서 솔의 독특함을 볼 수 있습니다. 다만 어른인 제가 유니크한 솔을 이해하지 못할 뿐입니다. 솔을 이해하기 위해서는 사고의 전환이 필요합니다. 그러기 위해서 소소한 일상 가운데 솔과 많이 놀아주고, 책을 읽어주고, 이야기를 많이 함으로써 서로 이해하고, 공감할 수 있는 사이가 되어야 합니다. 결국 한정된 시간 속에서 솔과 어떤 관계를 맺느냐에 따라 관계의 질이 달라질 것입니다.

다음에 솔이가 엉뚱한 이야기를 하면 생뚱맞게 '어'라는 대답 대신 '어떻게 그런 생각을 하지. 멋진데!'라며 유니크한 반응을 보이도록 노력해야겠습니다. 아울러 아빠는 시간이 흐른다고 저절로 되는 게 아니라 세심한 노력이 필요함을 다시 한번 깨닫습니다.

쌍둥이도 이렇게 다른데

오늘은 아이들이 일주일에 한 번 학교에 가는 날이자 초등학교 2학년 쌍둥이는 국어와 수학 진단평가가 있는 날입니다.

전날 쌍둥이에게 '내일 국어와 수학 진단평가가 있으니 100점 맞고 와. 교육 방송에서 다 배운 것들이니까 집중하고, 문제를 잘 읽으면 100점 문제없을 것 같아'라고 웃으면서 응원의 메시지를 전했습니다.

그런데 쌍둥이의 반응이 사뭇 달랐습니다. 유니크한 솔은 "당연하죠. 100점 맞고 올게요. 걱정하지 마세요"라며 허세를 부렸지만, 율은 의기소침한 상태로 2층 침대로 올라가 엎드렸습니다. 저는 율을 뒤쫓아 갔습니다.

"율아, 왜 그러는데? 100점 못 맞을까 봐?"

"네. 저는 100점 못 맞아요."

"그럼 70점은 어때?"

"못 해요. 50점이요."

"아니야. 70점 가능할 거야. 할 수 있어. 그리고 좀 틀리면 어때. 괜찮아."

"그러면 60점이요."

하나의 세포에서 분열된 일란성 쌍둥이인데 반응이 달라도 너무 다릅니다. 각자의 기질이 다르기에 '뭐가 좋다 혹은 나쁘다'라고 평가하기는 어렵습니다. 단 3분 차이로 태어난 쌍둥이임에도 이렇게 다른데, 세상을 살면서 마주치는 사람들을 얼마나 쉽게 이해하며, 다 안다고 착각하고 있지는 않은지요? 잘 알지도 못하면서.

다수결이 항상 옳은 것은 아니다

전날 야간 근무로 인해 침대에서 쉬고 있었습니다. 갑자기 거실에서 아이들 소리가 들립니다. 아이들끼리 서로 의견을 주고받는데 목소리가 점점 커집니다. 저는 아이들의 큰 목소리로 인해 어렵게 든 잠에서 깨고 말았습니다. 왜 이렇게 시끄러운지 궁금해졌습니다. 아이들은 엄마의 허락을 받은 후 영화를 한 편 보기로 했는데 서로 의견이 달라서 목소리가 커졌던 거였습니다.

어떤 영화를 볼 것인가?

일시 : 2020년 5월 29일 금요일 오후 1시~3시 30분

협상가 : 큰형(온유), 3분 빨리 태어난 아이(솔), 3분 늦게 태어난 아이(율)

1차 협상 결렬

〈쥐라기 월드-폴른 킹덤〉, 〈도라에몽 극장판〉, 〈겨울왕국 2〉가 선택되었으나 협상 중 김솔의 반대 의견으로

협상 결렬

1차 협상 결렬 후 점심을 먹는데 온유가 닭똥 같은 눈물을 흘립니다. 자기가 다 설득했는데 김솔이 마지막에 반대해서 억울했나 봅니다.

2차 협상 결렬

〈라따뚜이〉, 〈터키〉가 선택되었으나 협상 중 다시 김솔의 반대 의견으로 협상 결렬

3차 협상 타결 (중재자 개입-아빠)

온유와 율은 〈라따뚜이〉를, 솔은 〈터키〉를 선택. 중재자 개입으로 온유와 율이 먼저 〈라따뚜이〉를 본 후 솔의 영화를 보는 것을 협상 타결. 각자의 영화를 본 후 만족스러운 표정들.

누가 다수결을 민주주의 꽃이라고 했습니까? 저는 아이들과 저녁을 먹으면서 이렇게 말해주었답니다.

"애들아. 다수결 정말 어렵지. 다수결이 항상 옳은 것

은 아닌 것 같아. 다음에는 반대 사람도 생각해보면서 영화를 선택해보자. 그리고 내 잠은 깨우지 말아줘."

주부 9단으로 가는 길

오늘은 나흘에 한 번 오는 휴무입니다. 늦잠을 자고 싶은 마음은 굴뚝같으나 아직까지 늦잠은 사치입니다. 아침 7시 30분에 일어나 어제 꺼내 놓은 냉동 밥을 해동시켰습니다. 바로 계란후라이 4개를 만들어 밥에 얹었고, 황도와 함께 아침 식사를 준비했습니다. 오늘은 아내가 조금 늦게 출근하기에 아이들과 함께 아침 식사를 했습니다.

저는 아침 식사를 하지 않고, 어제 수북이 쌓아 놓았던 설거지를 시작했습니다. 동시에 양파와 감자, 양배추를 씻어 볶은 후 짜장을 만듭니다. 소고기가 없어 냉장고에서 닭가슴살을 찾아서 삶습니다. 순간 설거지, 짜장, 고기 삶기 등 세 가지를 동시에 하는 제 모습에 스스로 감동합니다. 요섹남(요리하는 섹시한 남자) 콘셉트로 집중해서 감자 껍질을 벗기고 있는데 아내가 계속 출근 복장에 대해서 물어봅니다. 제 탁월한 패션 감각으로 아내의 옷을 선택해 주었습니다. 여러분도 알다시피, 아내가 옷에 대해서 물어볼 때는 과도한 몸짓과 풍부한 표정이 필요합니다. 오늘은 성공입니다.

아침 9시입니다. 아이들은 온라인 수업을 시청합니다. 4학년 큰아이는 노트북을 준비하고, 2학년 쌍둥이들은 TV와 책상을 준비합니다. 저는 아침에 돌려놓은 빨래를 빼서 건조기에 옮겨 돌렸습니다. 거실 테이블 밑과 바닥에 먼지가 많이 보여 빗자루로 좀 쓸었습니다. 자세히 보니 바닥이 끈적끈적한 부분이 많이 보입니다. 아마도 아이들이 젤리나 과일을 먹다가 흘린 것 같습니다. 물걸레질도 해야 하는데 귀찮습니다.

온라인 수업 중 쌍둥이들이 수학 문제 질문을 하여 저는 친절하게 화이트보드를 이용하여 가르쳐주었으나 하마터면 쌍둥이를 크게 혼낼 뻔했습니다. (맹자도 자기 자녀는 가르치기 어렵다고 했습니다.) 집에 있으면 아이들을 크게 혼낼 것 같아 저는 29번째 헌혈을 하기 위해 차를 타고 나왔습니다. 헌혈 30번을 하면 헌혈 유공증인 은장을 받을 수 있습니다. 그런데 정신없이 나왔더니 신분증을 안 가지고 나왔나 봅니다. 29번째 헌혈은 다음으로 미뤄야겠습니다.

집에 돌아오니 12시입니다. 점심시간입니다. 아침에

만들어 놓은 짜장을 끓여서 아이들과 먹었습니다. 제가 만들었지만 맛있습니다. 건조기에 빨래가 다 건조되어 빨래를 정리한 후 저도 모르게 거실에 물걸레질을 하고 있습니다. 점심 설거지도 끝냈습니다.

오후 1시 40분입니다. 6년 전 쌍둥이가 태어나 1년간 육아 휴직을 해서 알고는 있었으나 집안일은 정말로 끝이 없고, 티도 나지 않습니다. 게다가 시간도 눈 깜박할 사이에 지나갑니다. 지금부터는 제 자유시간인데 아이들은 온라인 수업이 끝나 저에게 놀자고 합니다. 다행히 제 마음을 읽었는지 아이들은 거실 테이블에 자리를 잡고 독서를 하고 있습니다. 그나저나 주부 9단으로 가는 길은 아직도 멀었나 봅니다. 더 분발해야겠습니다.

P. S

이 글을 빌어 저를 키워주시고, 묵묵히 집안일을 하셨던 어머니와 워킹맘인 아내에게 감사하다는 말을 꼭 전하고 싶습니다.

정말 고마워서 쓰는 편지

안녕. 아빠야. 너희들에게 오랜만에 편지를 쓰는구나. 코로나19 때문에 학교에 못 가고, 종일 집에만 있는 게 힘들지? 집에서 노는 걸 더 좋아하려나?

아빠와 엄마가 아침 일찍 출근하는데도 셋이 아침 차려 먹고, EBS 교육 방송 잘 시청하고(아마도 솔과 율은 누웠다가 소파에 기댔다가 안 봐도 비디오지만) 만점왕도 잘 풀어줘서 고마워.

가끔 일하는 중에 너희에게 전화가 와서 받으면 꼭 수화기 너머로 티격태격하는 목소리가 들리더라. 제발 싸우지 말자. 그런데 퇴근해서 집에 도착하면 아무 일도 없는 듯 서로 친하게 잘 놀고 있더라. 고마워.

어제는 아빠가 야근하는 엄마를 데리러 서울에 갔다 왔지. 밤 9시 30분쯤 집에 도착했는데 누군가가 설거지를 깨끗이 해 놓았더라. 고마워. (다음 날 아빠가 한 번 더 설거지한 건 비밀.)

늘 방이 지저분하고, 책이 이리저리 널려 있지만 아

빠가 '치우자'라고 말했을 때, 바로 정리해줘서 고마워. 요즘 아빠가 너무 피곤해서 책을 못 읽어주고 있는데 에너지를 충전해서 재미나게 읽어줄 수 있게 노력할게.

코로나19가 빨리 끝나 학교에 가는 그날까지. 항상 건강하고, 삼시 세끼 잘 챙겨 먹고, 수업 잘 듣고, 밖에 나가서 열심히 놀길 바라며. 늘 고마워!

"고마워하면서도 고맙다고 말하지 않는 것은
포장까지 해놓은 선물을 주지 않는 것 같다."

— 윌리엄 A. 워드

결혼기념일 선물

야간 근무를 마치고, 집에 거의 도착했습니다. 멀리서 김솔 같이 생긴 아이가 보입니다. 여름이지만 바지는 겨울 내복과 상의는 운동복을 입은 아이, 그 이름은 김솔입니다. 그런데 마스크를 하지 않았습니다. 좀 더 가까이 가서 보니 솔의 두 손에는 과자 세 상자를 들고 있었습니다.

"뭐냐?"
"아빠, 엄마 결혼기념일 선물이요!"
"엥?"

결혼기념일은 6월 17일이었습니다. 며칠이 지난 오늘 선물을 준비했나 봅니다. 생각지도 않은 선물을 받으니 피곤함이 싹 사라지는 것 같습니다.

저는 아이의 손을 잡고 집에 도착했습니다. 집에는 율이가 있었습니다. 율도 결혼기념일 선물로 과자, 특별히 저를 위해서는 칸타타 아이스 아메리카노를 준비해 놓았습니다. 고맙고, 기특한 녀석들입니다.

저는 야간 근무의 피곤함을 이기지 못하고, 바로 침대에 누웠습니다. 잠에서 깨어나니 저녁 6시입니다. 바로 저녁 준비를 했고, 아이들과 함께 갈비를 구워 먹었습니다. 아이들은 서로 더 먹으려고 으르렁거리기에 정확하게 배분해 주었습니다. 저녁을 다 먹은 후 율이가 사준 커피에 얼음을 띄워 마셨습니다. 율에게 "이 커피는 진짜 꿀꿀꿀 커피다" 라면서 감사의 인사를 전했습니다.

선물은 참 좋습니다. 받는 사람과 주는 사람 모두에게. 아내와 함께 쌍둥이가 전해준 선물 과자를 먹는데 사랑의 마음이 느껴져 울컥할 뻔한 아름다운 밤이었습니다.

"중요한 것은 보내는 선물에 있지 않고,
그 마음에 있다."

— 러시아 속담

Chapter 6.

여전히 소방관입니다만

15년 동안 이곳을 떠나고 싶고, 떠나려고 노력했었는데 여전히 이곳에 있다. 늘 불평하고, 불만을 표출했다. '내가 있어야 할 곳은 이곳이 아니야'라는 마음으로 살아왔다.

지난 15년을 다시 뒤돌아본다. 정말 이곳이 나를 불행하게 만들었을까? 15년의 삶이 불행으로 가득 찼을까? 솔직히 아니다. 불행보다는 행복을 더 느꼈고, 남들이 겪지 못하는 여러 가지 삶의 희로애락을 경험했다. 지금 여기서 일하고 있기에 나는 가정을 꾸릴 수 있었고, 지금의 아내와 세 아들을 만날 수 있었다. 게다가 이렇게 좋은 글을 쓸 수 있는 소재도 얻을 수 있지 않은가.

지금까지 나는 나를 잘 몰랐다. 항상 모험을 떠나야겠다고 입버릇처럼 말해왔지만 나는 모험보다는 안정을 선호하기에 이곳이 잘 맞는 곳이었다. 15년 동안 깨닫지 못했지만 지금 조금씩 깨달아가고 있는 중이다.

결국 사람은 어떤 마음을 가지느냐에 따라 세상을 다르게 느낄 수 있고, 멋있게 볼 수 있는 것 같다. 이제 조금 세상을 달리 보는 방법을 알게 되었다. 여태껏 뿌옇게 낀 오래된 안경을 쓰다가 새 안경을 쓴 느낌이다.

2020년에도 나는 여전히 소방관이다. 15년 차 소방관이지만 새로운 마음가짐으로 다시 태어난 소방관이다. 모든 게 새로움으로 다시 소방차에 오른다. 그리고 출동한다.

하늘을 달리자. 영원토록 달려보자. (2020.07.15)

외래종 벌집 제거 작전

2020년 8월 3일 월요일

오늘은 15년 만에 처음 보호복을 입고, 벌집을 제거했다. 다른 직원이 벌집 제거를 할 때는 '내가 할 수 있을까? 나는 벌 알레르기도 있는데'라는 생각을 했었다. 막상 보호복을 입고, 벌집을 제거해보니 생각보다 어렵지는 않았다. 벌집 보호복이 워낙 두꺼워서 말벌에게 쏘일 일은 거의 없었다. 다만 벌집 보호복이 판초우위처럼 두껍고, 통풍이 되지 않아 보호복을 입으면 땀을 한 바가지씩 흘려야 했다. 전에 벌집 보호복을 입었던 직원의 옷이 젖을 정도로 땀을 흘렸던 이유를 이제야 알게 되었다.

폭우가 쏟아지는 가운데 벌집 신고가 접수됐다. 장소는 산 중턱에 있는 집. 비가 너무 많이 내려서 신고자의 집을 찾는 데 애를 먹었으나 무사히 도착했다. 처마 밑에 핸드볼 공만 한 말벌집이었다. 나는 보호복을 천천히, 꼼꼼히 입고 난 후 의자에 올라가 벌집 제거 망을 이용하여 말벌집을 제거했다. 벌집을 담은 망의 끝을 손으로 꽉 잡은 상태에서 벌집을 발로 밟아서 죽였다. 다른 벌집 제거도 첫 번째와 비슷한 방법으로 벌집을 제거하고, 비닐에 든 벌과 벌집을 발로 밟아서 처리했다.

오늘 나는 세 건의 벌집 제거 출동을 해서 벌집을 안전하고, 깨끗하게 처리했다. 벌집 제거 망에 든 벌과 벌집을 밟는데 갑자기 궁금해졌다. 왜 이 말벌들이 주택에 벌집을 지어서 내가 제거하고, 죽여야 하는 거지? 사람들이 없는 산속이나 바위에 벌집을 지으면 괜찮을 텐데? 왜 이렇게 도심지에 나와서 짓는 거지?

나는 검색창에 말벌을 검색했다. 내가 제거하고 있는 등검은말벌은 외래종으로 2019년부터 환삼덩굴과 함께 생태계 교란 생물로 지정되었다고 한다. 아. 제거해야 하는 거구나. 열심히 잡아서 처리해야겠다.

최근 2년간 전국 벌집 제거 출동 건수(소방청 통계)

구분	구조 건수	벌집 제거	비율	하루 평균
2019년	719,228	168,484	24%	462건
2018년	663,526	144,288	22%	396건

조용하고 긴 밤이 되길

2020년 9월 6일 일요일 새벽

오늘은 24시간 당직근무 날이다. 주간에는 벌집 제거 출동을 했고, 조용했다. 야간에도 조용하게 보내길 바라며 잠시 눈을 붙였다.

새벽 1시 30분쯤. '빰~빰~빰~ 화재 출동 ○○면 소재 창고화재' 벨 소리가 울렸다. 나는 잽싸게 일어나 펌프차가 있는 차고지로 갔다. (누워는 있었지만 잠은 저 멀리에 있었다.) 다른 직원들은 이미 펌프차 안에 있었다. 차량에 탑승한 나는 화재 현장을 확인했다. 다행히 우리 관내가 아니었다. 현장 도착까지는 약 20분이 소요되었다.

화재 현장으로 출동하는 펌프차 안에서 제일 먼저 방화복을 입었다. 방수화를 신고, 그 위로 방화복 하의를 입었다. 방화복 하의를 입는데 차가 계속 흔들려서 차 문에 머리를 몇 번이나 부딪혔는지 모르겠다. 간신히 방화복 하의를 입고, 상의도 마저 입었다. 화재 현장이 멀어서 장비를 착용하는데 약간의 여유가 있었다. 나는 다시 한번 방화복을 꼼꼼히 확인했다. 완벽했다.

펌프차는 화재 현장 가까이에 접근하고 있었다. 이제 공기호흡기를 어깨에 메고, 면체(마스크)를 얼굴에 썼다. 뜨거운 불로부터 내 얼굴을 보호해줄 방화두건을 면체 위로 돌렸다. 마지막으로 공기호흡기의 밸브를 열어 공기를 확인하고, 호흡을 해봤다. 좋다.

드디어 화재 현장에 도착했다. 다행히 우리가 도착했을 때는 관할대가 어느 정도 화재를 진압한 상태였다. 나는 차량에서 내려 다른 대원들과 함께 현장으로 이동했다. 나는 진압용 갈고리를 사용해서 아직 꺼지지 않은 잔불들을 긁어냈다. 아직 여름의 한복판인지라 단시간 현장 활동임에도 방화복 안은 땀으로 가득 찼다.

현장단장님의 무전이 들려왔다. "○○대 철수하기 바람" 현장 활동 중 "철수"라는 무전을 들으면 더운 날 시원한 콜라 캔을 마시는 것처럼 기분이 상쾌해진다. 나는 공기호흡기를 벗고, 철수할 준비를 했다. 그런데 멀리서 여자분의 울음소리가 들려온다. 집주인으로 보이는 여자분이 계셨는데, 재 덩어리가 된 창고를 보면서 망연자실한 눈빛으로 울고 계셨다. "아이고~ 어떻게? 이제 어떻게 살라고~" 괜히 옆에서 듣고 있는 내가 더 미안해진다.

나는 장비를 점검하고, 펌프차에 올랐다. 옆 동료가 시원한 이온 음료를 한 캔 건넨다. 땀으로 범벅돼서 목이 엄청 말랐는데 이온 음료를 마시니 갈증이 확 사라진다. 개인장비와 차량 장비를 다시 확인하고, 우리는 센터로 출발했다. 새벽 3시다. 창문을 내리니 새벽 공기가 땀으로 흠뻑 젖은 내 얼굴을 조금씩 말려준다. 갑자기 졸음이 몰려온다. 센터에 도착하면 정비할 것들이 많아서 날 밤을 셀 것 같은 불길한 예감이 든다. 조용히 눈을 감으니 화재 현장에서 울부짖었던 여자분이 떠오른다.

꼰대인가

2020년 7월 28일 화요일

사람의 마음이 참 그렇다. 보통 신입 직원이 입사하면 왜 군기 있는 모습을 기대할까? 그들이 대답할 때도 '다, 나, 까'로 해야 한다고 생각하고, 그렇게 대답 안 하면 군기가 빠졌다고 평가한다. 나는 신입 직원 때 '다, 나, 까'로 대답하지 않았으니 그때 선배들은 나를 무지 싫어했을 것 같다. 나는 단지 그들보다 좀 더 일찍 입사했고, 그들은 나보다 늦게 입사했을 뿐이다.

오늘 신규 직원의 여유 있는 행동을 보면서 나도 모르게 기분이 불쾌했다. 이른바 '군기'가 없어 보여서 싫었다. 내 마음속으로만 불쾌하고 말았다. 그 친구에게 말해봤자 내 입만 아프고, 말하고 싶은 생각도 없었다. (나는 착한 아이 콤플렉스가 있다.) 자기 삶은 자기가 알아서. 서른 살 넘은 성인한테 이래라저래라하는 것은 좀 아닌 것 같기도 한데 계속 마음이 불편하다. 조금 더 가벼운 마음으로 신규 직원을 바라봐야겠다.

늦은 밤 이런 생각을 하고 있는 나는 꼰대인 것 같다. 소극적인 꼰대. 아직은 '라떼'를 연속 주문하지 않아서 다행일 뿐이다.

"네 이웃의 얼굴에 묻은 얼룩은 보면서,

자치 네 얼굴의 추한 비웃음은 그냥 지나치기 쉽다."

— 마태복음(메시지) 7장 3절

처음 느끼는 뿌듯함

2020년 8월 24일 월요일

입사한 이래로 처음 소방차(5톤 트럭)를 운전했다. 평생 소방차 운전을 못할 줄 알았는데 생각보다 어렵지 않았다. 약 15분 정도 시골길을 지나 큰 도로를 거쳐 후진으로 주차까지 마무리했다. 입사 15년만에 처음 느껴보는 뿌듯함이다.

15년 전, 20대 중반에 소방차 운전을 시켰다면 못했겠지. 그때는 베테랑 선배가 운전했다. 나는 운전할 생각도, 배울 생각도 전혀 없었다. 게다가 15년 차였지만 거의 행정 업무만 했기에 현장 경험이 많지 않았다. 나는 조금씩 변화고 있고, 나이를 먹으면서 마음의 여유가 생겼다. 그 여유가 스스로 나를 뿌듯하게 만들고 있다.

요즘 후배에게 많이 물어본다. 후배는 귀찮을 법도 한데 이것저것 잘 알려준다. 나는 창피하기보단 더 배우려고 노력 중이다. 최소한 현장에서 다른 직원에게 도움 줄 수 있도록 내가 맡은 일은 최선을 다하려고 한다. 벌써 15년 차다. 짧으면 짧고, 길면 긴 시간이다. 연차에 상관없이 최소한 맡겨진 일은 충실히 해내는 선배가 되고 싶다.

"그대가 내일 죽는 것처럼 살아라.
그대가 영원히 살 것처럼 배워라."
- 마하마트 간디

후배들을 위해서

2020년 8월 13일 금요일

인사이동으로 7월부터 양평에서 근무 중이다. 사무실 내 컴퓨터 모니터가 한 대씩만 설치되어 있어서 불편했다. 목마른 사람이 우물을 판다고. 온라인 마켓에서 '컴퓨터 모니터'를 검색한바 집 근처 은행에서 사용했던 중고 모니터가 등록되어 있었다. 오늘 중고 모니터 4개를 사 왔다. 내 자리에 쓸 모니터 하나만 필요했지만, 후배들 자리에도 하나씩 설치해주고 싶어서 3개를 더 샀다. 가격이 비싸지 않았기에 용기를 냈다.

저녁에 혜경스와 별다방에서 커피를 마셨다. 가방에는 오은 작가의 『다독임』을 챙겨갔다. 커피와 케이크를 맛있게 먹으면서 책을 읽었다. 책을 읽다가 '모니터를 구입한 내 마음'과 비슷한 감정의 문장을 발견했다.

간밤에 사람들이 토를 해놓은 흔적도 눈에 띄었다. 터지지 않은 폭죽과 형형색색의 포장지가 군데군데 버려져 있었다. 어제는 기념일이었고 밤새 불사른 열정이 길 위에 고스란히 남아 있었다. 몇몇 환경미화원들이 바삐 움직이며 그 잔해를 거두고 있었다. (…) 내가 잠든 사이에 매일 이런 일이 벌어지고 있었다는 생각이 들자 가슴이 먹먹해졌다. 부랴부랴 편의점에 들어가 따뜻한 캔 커피를 몇 개 샀다. 봉지에 담아 아저씨께 건네니 환히 웃으신다. "힘드시죠?", "다 힘들지. 우리는 지금 힘들고 자네는 이제 회사 가서 힘들 거고." (…) "한 가지 좋은 것도 있어. 그게 뭔지 알아? 우리는 청소하면 동네가 깨끗해지는 게 보이잖아. 일한 티가 나는 거지. 아무리 노력해도 달라지는 게 없는 일이 어디 한두 가지야? 그에 비하면 이 일은 양반이지."

— 오은의 『다독임』 중에서

작가는 (누군지도 모르는) 미화원분을 위해 따뜻한 캔 커피를 몇 개 샀다. 그저 고마운 마음을 담아서 말이다. 나는 (아직 친하지는 않지만) 후배들을 위해 중고 모니터를 몇 개 샀다. 듀얼 모니터로 편하게 일을 하길 바라는 마음으로 말이다. 절대 일을 더 하라는 뜻은 아니다.

그나저나 모니터 사 주고 나서, 후배들에게 꼰대 소

리 듣는 것은 아닌지 모르겠다. 모니터 두 개 설치해주고, 일 더 하라고 시키는 거 아니냐면서. 저녁에 출근해서 후배들 책상에 모니터 설치했다. 사무실도 나도 왠지 스마트해지는 기분이다.

소방관 아들이 소방관 아버지께

하늘에 계신 소방관 아버지께.

안녕하세요. 잘 지내고 계신가요? 아버지가 돌아가신 지 11년이 넘었네요. 시간이 정말 빨리 지나가네요. 제가 벌써 결혼 15년 차에 아이만 셋이 되었으니 말 다 했죠. 소방관으로 일한 지도 15년이나 되었어요. 아버지가 15년 전 퇴직 때 달고 계셨던 계급이랑 똑같아졌어요.

태풍이 자주 올라와서 비상 때문에 바쁘네요. 다행히 우리 동네는 조용히 지나갔어요. 저는 소방관 15년 차에 마흔이 되었어요. 저는 하나도 변한 게 없는 것 같은데 이마도 조금씩 넓어지고, 주름도 하나씩 더 생기고, 회사에서는 이미 중고참이 되었네요. 지금이 가장 어려운 시기인 것 같아요. 회사에서는 선배와 후배 사이에서 역할을 잘해야 하고, 가정에서는 가장으로서 최선을 다해야 하니 말이에요.

소방관 생활이 참 어렵다는 걸 요즘 더 느끼게 되네요. 교대근무라 잠은 제대로 잘 수도 없고, 새벽에 출동하면 두꺼운 방화복에 20kg 넘는 공기호흡기를 메고 활동하는 게 조금씩 힘들어지고 있어요. 아버지는 어떻게 생활하셨는지 궁금해집니다. 운동은 점점 안 하고, 몸은 점점 약해지고, 정신은 점점 해이해지네요.

요즘 소방관이 참 힘든 직업임을 다시 한번 깨닫게 됩니다. 아버지는 이렇게 힘든 일을 30년 동안 어떻게 버텨오셨나요? 저는 하루라도 불평불만이 없는 날이 없습니다. 15년이 지났는데 끊이지가 않아요. 생각해보니 아버지는 집에서는 회사에 대한 이야기를 거의 하지 않으셨네요. 그때는 지금보다 환경이 더 안 좋았을 텐데 어떻게 꾹 참고 버티셨는지. 지금 이 자리를 빌려 존경의 마음을 표합니다. 사실 소방관 아들이 소방관 아버지에게 할 말이 많았는데 막상 편지를 쓸쓰니 생각나지 않네요.

아버지.

정말 고맙고, 감사합니다.

당신의 수고가 있었기에 지금의 제가 있습니다.

당신의 헌신이 있었기에 이 자리에서 멋진 편지를 쓸

수 있습니다.

당신이 잠 못 자면서 현장에서 일한 덕분에 저는 편히 잘 수 있었습니다.

당신의 사랑이 있었기에 제가 가정을 꾸리고, 아이들을 양육하고, 사랑할 수 있습니다.

소방관 아들이 소방관 아버지에게 감사할 것들이 정말 많은데 그 감사를 글로 담지 못하는 제가 안타까울 뿐이네요. 하늘에서 편히 계시고, 제가 현장 출동할 때마다 지켜주세요. 사랑합니다.

2006년, 아버지 정년퇴직 전 오렌지 유니폼을 입고 함께 찍은 사진

맺으며

어느 역할로 산다는 것은

이 세상에서 역할 없이 살아갈 수 있는 사람이 있을까? 아마도 최소한 자기 역할이 없다면 돈이 아무리 많더라도 세상을 살아가기 힘들 것이다. 이 시대를 사는 모든 사람은 각자의 역할이 있다. 내 기준으로 보면, 나는 김한용, 허춘오의 아들이자 혜경스의 남편이다. 세 아들의 아빠이자 소방서에서는 소방관으로서 일을 하고 있다.

지금 나는 내 역할에 맡게 살고 있나? 최소한 남편으로서, 아빠로서는 최선을 다해 그 역할을 맡고 있다. 15년 차 소방관으로서는 이제 조금씩 내 역할을 찾아가고 있다. (어른들이 말씀하시길, 사람은 다 때가 있다고 했다.) 가끔은 내게 맡겨진 역할들을 내려놓고, '나는 자연인이다'처럼 살고 싶기도 하다.

인생을 80으로 봤을 때, 이제 1/2을 지나고 있다. 지난 1/2을 뒤돌아보면 아쉬움과 후회가 많이 남는다. 물론 기쁨의 시간도 있었다. 늘 그렇듯이 '만약 내가 그때 그 일을 했었다면, 지금 내 삶이 어떻게 되었을까?'라는 생각을 종종 한다. 옛날에 코미디언 이휘재가 출현했던 '그래, 결심했어!' 프로그램처럼 다른 선택을 했다면 현재 인생의 방향과 색깔이 어떻게 바뀌었을까?

지금의 삶 말고는 다른 선택을 해본 적 없기에 내가 어떻게 살고 있을지 궁금하다. 솔이가 좋아하는 도라에몽에게 부탁해서 '타임머신으로 타고, 다른 삶을 살고 있는 나를 만나러 가고 싶다'는 생각이 들기도 한다. 금요일 저녁 정체되는 퇴근길 차 안에서 싸이와 박정현의 함께 부른 〈어땠을까〉를 들으며 '그때 그 선택을 했다면 어땠을까?' 회상하기도 한다. 잠시 과거를 생각하다 보면 쓰라린 기억과 함께 행복한 일상이 떠오른다.

이제 남은 1/2을 어떤 역할과 함께 어떻게 살아갈지에 집중해야 할 시기다. 지금껏 나를 키워주신 부모님은 노년이라는 긴 항해를 이미 시작했다. 나와 혜경스는 머리카락이 한 올 한 올 빠지고, 얼굴에 주름이 하나둘씩 늘어가는 중년이라는 항해를 하고 있다. 온유, 솔, 율은 사춘기를 지나 각자의 삶을 찾는 여행을 곧 시작할 것이다. 결국 나와 혜경스만 남겠지.

남은 1/2은 지금의 역할이 아닌 다른 역할로 살아가

고 싶다. 작가와 강연자가 되어 많은 이에게 감동을 주고 싶고, 가정에서는 좀 더 로맨틱한 남편이자 좀 더 코미디언 같은 아빠가 되고 싶다. 부모님께는 그동안 표현하지 못했던 애교를 퍼붓는 아들이 되고 싶다.

지금의 역할이 아닌 다른 역할로 살아가기 위해서는 어떻게 마음을 정하느냐에 따라 달라질 것이다. 그 마음을 다잡기가 어려워서 문제이지만. 나는 운이 좋게도 인문학과 글쓰기라는 친구를 만나 이 정도의 삶을 누려오고 있는 것 같다.

예수 형, 공자 형, 맹자 형, 순자 형, 노자 형, 니체 형, 구본형 형, 알랭 드 보통 형, 라인하르트K슈프랭어 형, 허영만 형을 포함해서 이 세상에서 책을 통해 내게 도움 주신 형과 누나들에게 이렇게나마 감사의 인사를 전한다. 형, 누나들 덕분에 이만큼 성장했습니다.

인생의 후반기에는 노자 형님이 말씀하신 대로 살아보고 싶다.

"멋대로 하라. 그러면 안 되는 일이 없다."

—『도덕경』 37장

소방관 아빠 오늘도 근무 중

초판 1쇄 발행	2020년 12월 20일
2쇄 발행	2021년 01월 13일
지은이	김종하
발행처	(재)협성문화재단
	부산광역시 동구 중앙대로 360(수정동) 협성타워 9층
	T. 051) 503-0341 F. 051) 503-0342
제작처	도서출판 호밀밭
	T. 070) 7701-4675 E. anri@homilbooks.com

ISBN 979-11-90971-14-0 (03810)

이 도서의 국립중앙도서관 출판예정도서목록(CIP)은 서지정보유통지원시스템 홈페이지(http://seoji.nl.go.kr)와 국가자료종합목록 구축시스템(http://kolis-net.nl.go.kr)에서 이용하실 수 있습니다. (CIP제어번호 : CIP2020052347)